催眠カレシ

～練習エッチで寝取られるトップカースト美少女～

大角やぎ
挿絵／良い直助

JN131227

KTC KILL TIME COMMUNICATION

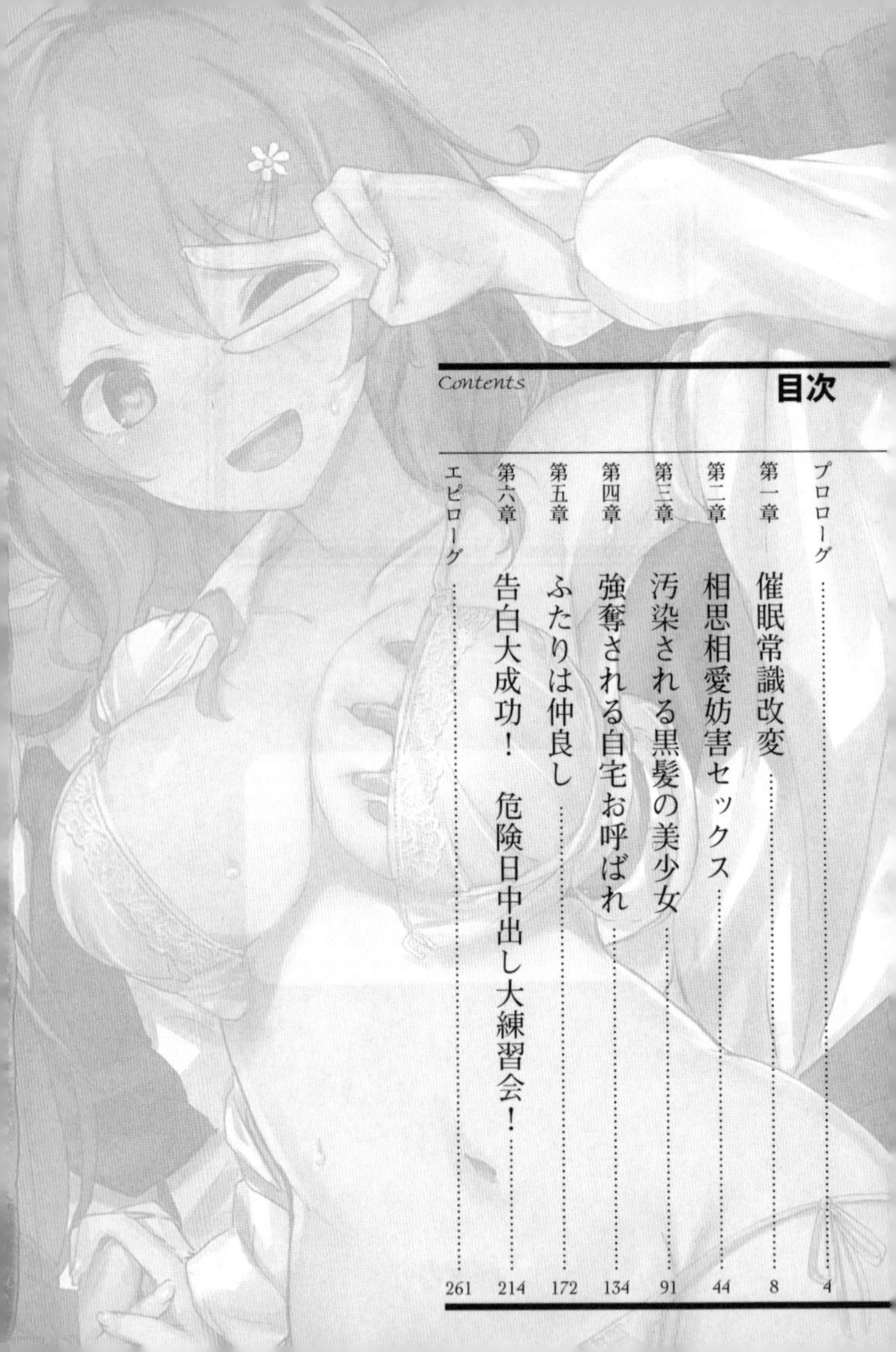

目次

Contents

プロローグ …… 4
第一章　催眠常識改変 …… 8
第二章　相思相愛妨害セックス …… 44
第三章　汚染される黒髪の美少女 …… 91
第四章　強奪される自宅お呼ばれ …… 134
第五章　ふたりは仲良し …… 172
第六章　告白大成功！　危険日中出し大練習会！ …… 214
エピローグ …… 261

登場人物　*Characters*

泥田 樹生
（どろた みきお）

肥満体型の冴えない少年。幼い頃からトップカースト四人のパシリとして生きてきた。

七海 鏡花
（ななみ きょうか）

明るく友達の多い巨乳JK。校内のギャル系美少女トップに君臨する。好きな男は池田総一郎。

清水 玲奈
（しみず れいな）

モデル体型の黒髪スレンダーJK。クールな性格でお金持ちのお嬢様。好きな男は沼澤リオン。

沼澤 リオン
（ぬまざわ りおん）

校内のヤンキー系トップカーストに立つ男子生徒。真面目な性格の玲奈が気になっている。

池田 総一郎
（いけだ そういちろう）

校内の真面目系トップカーストに立つ男子生徒。自分とは正反対なギャルの鏡花が好き。

プロローグ

季節は晩秋。

夕暮れになると芯まで冷える季節だが、樹生《みきお》の狭い自室は暑く、むせかえるほどの甘ったるい匂いに溢《あふ》れていた。

「あっ♡　あ——っ♡！　樹生のくせに、むかつくっ♡」

樹生の眼下で、後頭部のゆるくカールした髪が揺れている。背中に覆いかぶさって頭皮の匂いを嗅ぐとひどく甘い匂いがしたので、巨乳を揉む手に力を込め、一層激しく性器をぶつけてやる。

樹生は、同級生の美少女と、後背位で結合していた。

制服は着せたまま、机に手をつかせた美少女のブラウスに手のひらを突っ込んで乳を揉む。ショーツをずらして、濡れ切った膣にナマのままの男性器を挿入しているのである。

「ああ鏡花《きょうか》！　今日も『練習』させるだなんて！」

「んっ♡　うるせーっ！　お前に拒否権とかねーからっ♡　あたしが総一郎《そういちろう》くんと付き合うために、お前は『練習カレシ』として使い倒されるウンメーだからなっ♡　ぁ

「──っ♡！」

校内でもトップカーストのギャルは、いつものごとく子犬のようにうるさい。だが膣は従順で、樹生のペニスをぴったりくわえ込んでくる。突くたびにタイミングよく締めてくる。

一八歳のくせに中学生のような瑞々しさと力強さで張るGカップ、尖るように隆起した巨乳を揉みこむと、手のひらに感じる弾力がたまらない。

「鏡花！　出る！　中に出る！」

樹生は巨乳の美少女へと、遠慮なく射精した。

もちろんゴムはつけていない。一八歳の同級生の膣に、熱く狭い肉壺の奥に、ナマの肉棒を埋めたまま、ためらいなく精液を噴射したのである。

制服美少女を後背位で抱きしめて、髪の匂いを嗅ぎながら、ぶりゅぶりゅと尿道を拍動させていく。美少女の膣も樹生のペニスを扱くようにぬるぬる締まり、射精を補助してくる。

樹生はため息をつきながら、一日三回は出さないとすぐに黄ばんだ濃さになる自身の子種汁を、美少女の膣奥《ちつおく》に受け止めさせる。

同世代の男子はこの美少女の姿を思い出しながらティッシュに出すのが日常というのに、樹生はリアルな実物の、校内トップ美少女のナマ膣に、自分の精液を排泄しているのだ。

「はあっ♡　はあっ♡　樹生との『練習』でまたレベルアップ……！　ざまーみろ！　総一郎くんのために、お前のこと、使いまくってやっかんなっ♡！」

一方の美少女は、膣内射精を許した相手を、なぜか見下すような目でいた。

避妊無しで膣を犯され、雑に中出しされてしまったというのに、まるでこの美少女が樹生へ加害しているような態度でいる。

「うう、鏡花は人づかいが荒いなあ」

樹生は笑いを噛み殺しながら、ペニスを抜き、自身の制服を脱いでいく。

美少女も制服を脱ぎ、互いに全裸になって、少年のベッドの上で、本格的な性交が始まったのだ。

「あっ♡　あ――っ♡！　出せっ♡　出してっ♡　樹生の精液、たくさん中出ししてぇっ！　あ――っ♡　総一郎くん、待ってて！　こいつで『練習』して必ず告るからぁっ♡！」

一八歳同士の、荒々しい、情熱的な性交だった。

美少女は、小太りの不細工な少年と全裸で四肢を絡め、むき出しの性器をぶつけ合いながら、想い人への好意を叫んでいた。

樹生は自分の左手首を見た。

蛇の目を象った、一対の刺青のような紋様。

蛇の目の紋様は片方が黒く塗りつぶされたようになっている。これはこの七海《ななみ》鏡花というギャル美少女に『催眠』を使用中という証なのだ。

ペットの黒蛇の死とともに、樹生に与えられた呪いの効果は、凄まじく悪質なものだった。

催眠による常識改変。

美少女に対し、自分を「練習カレシ」と認識させることができる。

つまりは樹生と恋人のような真似をして、セックスすればするほど、恋愛の経験値が溜まり、女としてレベルアップするという「常識」を植え付けることができるのだ。

この呪いの催眠を、樹生は使うかどうか一度は迷った。

元が優しい少年だった。この呪いを使うとすればあまりに悲惨なことが起きると理解していた。

だがやはり許せなかった。

長年のイジメ、そして「クロスケ」を殺された怨みを晴らしてやる。

このギャル美少女——否、あの「四人」は地獄に落とすと決意していたのだ。

第一章　催眠常識改変

時は遡り一ケ月前。

「オラァっ！」

ツーブロックの洒落た男子に腹蹴りを入れられて、樹生はうずくまった。

倒れた身体の上を、冷たい秋の風が通り抜けていく。

樹生が倒れたのは、神社の境内だった。都会の片隅、肉宮ヶ淵という名の地区にある、人気のない寂れた神社である。

樹生を見下ろすのは二人の男と二人の女、合わせて四人の男女だ。

全員がタイプは違えど、見目麗しい、美男子と美少女だった。

一方の樹生は、小太りの男子で、傍から見ればなにか醜い生物が四人の男女に囲まれているようにも見える。

この四人は、いつも樹生とつるんでいる四人——否、つるんでいる名目で、樹生へと、陰湿ないじめを続けている男女だった。

「お前さー、せっかく家庭訪問してやったのに、部屋キモすぎてひいたわ」

「本当。本棚には気持ち悪い一八禁のマンガばかり。育ちの悪さがよく分かる部屋だったわ」

二人の美少女が見下ろしてきた。一人は髪をゆるく巻いたギャル風の美少女、もう一人は長い黒髪のスレンダーな美少女だ。

「お前のエロ漫画、『中出し』とか『孕《はら》ませ妊娠』とかキモすぎんだよなー」

「しかも女子高生ものばかり。もしかして学校の誰かをレイプして妊娠させる妄想でもしてたの？　本当に気持ちが悪い」

今日は今日とて、なんの気まぐれか、家庭訪問してきたこの四人に部屋を荒らされ、性癖を徹底的に暴かれ、クラスのメッセグループに証拠写真を晒され、さんざんな目に遭った後、この神社でリンチされているのである。

「しかもお前って、ペットもキモいよな」

「小さな黒い蛇だ……タカチホヘビか？」

先ほど樹生を蹴ってきたヤンキー風の男が再び罵ってくる。

隣には眼鏡をかけた長身痩躯の男が立っていた。そして眼鏡の奥の瞳に冷酷な光をたたえたその男は、蛇の入ったケースを抱えていた。

昆虫採集用のケースの中では、小さな黒蛇が喉から威嚇音を立てている。

この蛇の名前は「クロスケ」といった。

クロスケは樹生のペットだった。黒く、しわがれて小さく、幼いのか老いているのかよく分からない蛇で、この神社の境内で弱っていたところを保護して飼っていたのだ。

　クロスケは、先ほどの四人の家庭訪問で、珍しい外見からか、ケースごと神社の境内まで持ち運ばれてしまった。

　普段はおとなしい性格だが、クロスケはしつこく威嚇音を立て、四人に向かい唸っていた。手荒な扱いに抗議しているようにも見えたし、まるで飼い主の樹生を助けようとしているようにも見える。

「ふん、飼い主と同じ、醜いくせに歯向かって生意気だな」

　と、眼鏡の男がケースの蓋を開けて、真っ逆さまに、クロスケを地面に墜落させた。

「なんかこいつ、でっかいミミズみてえだわ。汚ったねえ！」

　ヤンキー男が半笑いで、のたうつクロスケをいきなり踏みつけた。

　すると男の踏みつけを皮切りに、四人が次々と黒蛇を踏み蹴り始めたのだ。

「やめろ――――っ！」

　樹生の叫びもむなしく、四人の男女にクロスケが踏みつぶされていく。

　思い出が駆けめぐる。

　蛇のくせに犬のように懐き、エサは樹生の手渡しで食べていた。そのクロスケが今は、四人の男女の靴底で蹂躙《じゅうりん》され、千切れて肉片になっていく。

「気持ち悪っ。帰ろうぜ」

四人の男女が境内の階段を降りていく。樹生は涙を流しながら、神社境内の石畳に潰れてへばりついたクロスケを見つめていた。

「…………？」

ふと気づくと、黒蛇の遺骸が影のように薄くなった。

影は黒霧に姿を変え、樹生の腕にまとわりつき、収束する。

二つの点。蛇の目の刺青のような黒点が、樹生の左手首に現れた。

瞬間、樹生はこの紋様がどういうモノであるか、意味や、その効果のすべてを直感的に知る。

禍々《まがまが》しい力が満ちるのを感じた。

そして少年は感じたのだ、これは呪いだと。この力を復讐に使えという大きな意思を――

翌日。涼しい秋の日。

教室の窓の外、紅葉しかけたカエデの木を見つめながら、小太りの少年、泥田《どろた》樹生は悲しみに暮れながら授業を聞いていた。

ペットの黒蛇・クロスケを殺されたのは昨日だ。心の傷はそう簡単に癒えるものではない。

「――わが校、肉宮ヶ淵高校も、古い民話の舞台でした。戦乱と疫病により男子がいなくなった村。残ったのは、誰もが見向きもしない醜男。そこで肉宮ヶ淵の神社の池に棲んでいた蛇神様が力を使い、女性たちを醜男に惚《ほ》れさせ、村に子供を溢れさせた伝説が……」

教師の声も、樹生の耳には入らない。

代わりに樹生は、教室の前の席に固まる昨日の『四人』を見つめていた。

「それでは次を読んでください。七海さん」

「う、うぇ？　音読あたしっすか？　いやー、どこからだっけ？」

一人目。七海鏡花。

ゆるく巻いた髪の、ギャルっぽい美少女だ。

大きな瞳には勝ち気で生意気そうな光がある。顔はやや幼さを帯びていて、分かりやすく可愛い造形をしている。小柄ながらグラビアアイドルのように巨乳で全校男子の憧れの的だ。

「……資料の五ページ目、一三行目よ」

二人目。清水玲奈《しみずれいな》。

長い黒髪の美人。金持ちのお嬢様で、どこか冷たい雰囲気もあるが、街を歩けばよくファッション誌のスナップにも撮影されるほどのモデル体型。美貌《びぼう》ゆえにやはり全校男子の憧れだった。

「はは、鏡花、テメー寝てたろ」

三人目。沼澤《ぬまざわ》リオン。

ツーブロックの、今時のヤンキー風で、同じように派手な属性の人間たちの頂点として、この学校のトップに君臨している。

「茶化すなリオン、授業中だ。鏡花も何か疲れることでもあったんだろう」

四人目。池田《いけだ》総一郎。

こちらは生徒会長だ。眼鏡が凄まじく似合う、長身痩躯の品ある美形。

傍から見ると、不良と真面目で2：2、真逆のタイプが揃ったこの四人は、容姿端麗、勉学優秀、学外活動優秀、厚い人望、様々な能力に秀で、校内ではあらゆる生徒からの羨望の的だった。

真面目ペアの総一郎と玲奈はもちろん、鏡花とリオンも不良風の外見ではあるが、騒ぎはするものの対外的な素行は悪くなく、学内のイベントをまとめるのにも重宝するのか、教師の信頼も絶大なものがあった。

ただし、この四人は――樹生にだけは厳しい。

この四人は樹生を長年いじめ続けている。人気者や優等生でいる傍ら、周囲からのプレッシャーの憂さ晴らしを、樹生でしている感がある。

「それでは授業を終わります」

教師が教室から出ていき、昼休みになった。

瞬間、樹生のメッセージアプリに四人の昼食メニューが流れてくる。

樹生はすぐに席を立った。廊下を走って、購買まで行って、パンと飲み物を買う。

そして屋上まで走った。

息を切らしながら、屋上の入り口の扉に手をかける。

校舎の屋上は、普段は施錠されている。

だが毎日の国旗の上げ下ろしをする生徒会の業務上、屋上の鍵を持っている生徒が一人だけいた。

その生徒と親友たちの屋上での昼食会は、教師たちの間でも半ば黙認されているきらいもあった。生徒の間ではカースト頂点の優雅な昼食会と思われていて、彼らの昼食に呼ばれることは名誉なことでもある。

もちろん樹生にとっては、ここへの呼び出しは名誉から程遠いものだった。

「か、買ってきたけど」

屋上の扉を開けると、秋の晴天の下、四人の美男美女が、目が潰れそうなほど華やかな気配を放っていた。屋上のベンチに、美形の頂点が四人並んだ姿は、不細工の樹生にとって、相変わらず威圧感がある。

「おっそーい」

ギャル美少女の七海鏡花が、樹生の手からパンの袋を奪い取った。

「とりあえずお代」

黒髪モデル体型の清水玲奈が、樹生の足元に代金を投げつけてきた。

樹生は地面の金をつまんで拾い、財布に入れていく。一枚一枚、背筋を丸めて地面から拾っていくと、いつものように鏡花と玲奈が、貧乏人を嗤《わら》うような目で樹生のことを見つめてくる。

「いやー、樹生は今日もキメぇなー」

「樹生の話題はやめろ。昼食中だぞ」

ヤンキー風の軽薄な男、沼澤リオンと、生徒会長の池田総一郎も、樹生へ見下しの視線を送ってくる。

「総一郎クンの言う通りだっての。昼メシなのに樹生の話すんなよ。相変わらずリオンは空気読めないなー」

「は？　仕方ねえだろ。小学生の時からの付き合いだけどよ、樹生って年々太ってキモさに磨きかけてんだからよ。だいたい鏡花、お前もよ――」

鏡花とリオンがパリピ同士仲良く会話している。

樹生とこの四人は、幼馴染と呼ぶに十分な期間の交流があった。

なにせ小学校から現在まですべて同じ学校だ。だが樹生だけが幼馴染の扱いとは程遠い、この四人のパシリとしてずっと生きてきたのである。

「なにその目は」

「なんだその目は」

樹生が悔しさに目を細めると、二対の冷徹な瞳がこちらを射抜いてきた。玲奈と総一郎のクールな優等生コンビが、声をハモらせていたのだ。

「あなたの父親、お元気？」

「お前の母親、元気か？」

またしても同時。そしてこれは陰湿な恫喝《どうかつ》だった。

樹生の父親は玲奈の親が経営する会社に勤めている。そして母親は、総一郎の親が経営する会社に勤めてもいた。

樹生の両親はともにしがないヒラ社員で、樹生は家族ぐるみで弱者だった。

都会とはいえ、旧くからあるこの地区は狭い。樹生が二人の気に障ることをすれば、両親にどんな被害が出るか分からない。

生殺与奪権を握られている。これが樹生がいじめの境遇を何一つ改善できなかった原因の一つだった。

「…………」

樹生は悔しげな表情から一転、顔をしゅんとさせて黙る。

ずっと四人の奴隷だった。恐怖は簡単に消えない。

殴られ、壊され、隠され、四人が優等生や人気者であり続けるための、ストレス発散の道具にされてきた。

あまつさえ、愛するペットを殺された。

だが、今日からは「これ」がある。

樹生は左手首を見た。

一対の、蛇の瞳の紋様。

これを使って復讐することができる。

ただしこれは、最悪の復讐になるだろうと樹生は予感していた。この四人の、特に女子二人の人権を徹底的に奪うがごとき行為になる。

優しい樹生は、まだまだためらっていたのだ。

「食事の邪魔だ。消えろよ」

リオンが樹生にしっしと手を振った。やっと解放だと思われたが、

「あ、そうだ樹生。今日の放課後、体育館裏な」

鏡花がこちらを見もせずに、何気なく言った。

どうせろくでもない用事だろうが、理由を訊けば怒られ、逆らえばひどい目に遭うことを知っているので、樹生は「わ、分かった」とだけ言って階段を降りていく。

その約束で、復讐の口火が切られるとも知らずに——


秋の夕暮れ。建物裏に、枯草の匂いをまいて冷たい風が吹いていた。

放課後、樹生は約束通りに体育館裏に来た。角を曲がるとそこにいるのは、ギャルの鏡花のはずだったが——

なぜか鏡花と玲奈の二人がいた。

「今日、ずいぶんリオン君と仲良く話してたじゃないの」

「はぁ？　ふつーだし。てか玲奈も総一郎クンと相変わらず息ピッタリだよな。夫婦みたいにさ」

玲奈と鏡花、真面目とギャル、真逆タイプの美人二人。

いつもは仲の良い二人が、珍しく何やら口論しているようだが……

樹生にはなんとなく内容が分かった。

「……ごめんなさい。これは単なる嫉妬。つい羨ましいなと思って。分かってるのよ。あなたが総一郎を好きなのは」

「あ、あたしも……総一郎クンと仲が良い玲奈に嫉妬してただけ。ごめん。玲奈はリオンが好きだって、知ってるのに」

耳にしたのは初めてだったが、長年予感していた通りだった。

校内で噂される四人の恋愛相関図は、同タイプのカップリングが通説だ。

すなわちパリピ同士の鏡花×リオンが、そして優等生同士の玲奈×総一郎が、恋人として付き合っているという噂だ。

しかし事実は、鏡花が総一郎を、玲奈がリオンを、女子二人はともにタイプの違う男のほうを好きでいるのである。

樹生はこの四人をずっと観察せざるを得ない立場だったので、この空気をうっすらと感じ続けていたのだ。

だが二人とも、なかなか行動に移さない。ずっと四人の幼馴染のままでいようとしている空気も察していた。

恐らくは昔からの関係を壊したくないためか、女子二人とも中高ずっと付き合わないままでいて、これほどの美人なのに、二人とも彼氏がいたことがないのも樹生は知っている。

「お、樹生じゃん。もう来てたのかよ」

「……聞いてたのね。気持ち悪い」

二人が樹生に気づいて、振り返った。

二人の真の想い人を語る会話も、自動的に終わったが、

「……今のを誰かにばらしたら、あなたの父親は来月には無職よ」

玲奈がすれ違いざま、樹生にそう言い残して校舎裏から去った。言われなくとも分かっている。

「わ、分かってるって」

「お前ばらすなよ」

鏡花も釘を刺してきたが、それより用事の件だ。

「今日の用事はな、お前に頼みがあんだわ」

見ると鏡花は、制服姿の、ツンと張った巨乳の小脇に白い袋を抱えていた。

その袋を「ほら、開けて見ろよ」と地面に投げてよこされる。

樹生が袋を開けてみると、そこには靴があった。登校に履く学校指定のローファーにも見えた。サイズからすると、鏡花のものと考えるのが自然だが、

「裏だよ。靴の裏見ろ」

袋から靴を出してみる。使用感のあるローファーを持って、靴裏を見ると――

樹生は息を飲んだ。

そこにはクロスケの頭部が張り付いていた。

歪に変形して、ぺたんこになったペットの顔面の皮膚があったのだ。

「地面に擦ってても取れねーの。お前、これクリーニング出してこいよ。飼い主の責任だろ？」

昨日のこと――四人が無理やり樹生の家に押しかけて、クロスケを見つけ、近くの神社でよってたかって殺害した。

モノを壊すならまだいい。だがこの女は、生き物の命を奪っておいて、反省もせずに、死骸の一部を汚物扱いしたのだ。

黒々とした恨みが、樹生の心の底から湧いてくる。

「……分かったよ。洗って返してやる。だけどその代わり」

樹生は左手首を反射的に出した。

「ああ、その代わり――ッ！」

歯を食いしばりながら念じる。

すると一瞬、黒い光が放たれた。

光は瞬時に消え、注視しないと分からない程度だったが、それは確実に鏡花の顔面を捉えていた。

「……その代わり、何だよ」

だがそれ以外は、特に何も起こったように見えない。秋風の中、鏡花が怪訝そうな表情でこちらを見つめているだけだ。

しかし、手首を見返すと、蛇の双眸《そうぼう》の紋様の、左目が黒く塗りつぶされたようになっている。

樹生は昨日得た直感で理解していた。

この呪いはもうすでに発動していて、この美少女には、ある衝動が浮かんできているはずで。

「そういや、さっき玲奈とあたしの話聞いてたよな？　あたしが総一郎クンのこと好きだってこと」

「う、うん……」

「だから秘密を聞いた『罰』をお前に与えっから」

鏡花が、こちらを指さしてきた。そして、

「――お前を『練習カレシ』にする」

鏡花が言い放った。

呪いの催眠が効いた確信に、樹生は内心ガッツポーズする。

「れ、練習カレシって……？」

もちろん知っているが、一応、びくびく怯《おび》えるふりをしながら訊いてみる。

「は？　知ってんだろ。お前は、あたしが総一郎クンと付き合うための練習台になるんだよ。逃げられないからな？　今からあたしの家で――」

勝利の気配を感じた樹生に、鏡花が見下すように微笑み、

「セックスの練習な。拒否権ねーから」

決定的な一言だった。

鏡花に、樹生が得た呪いの催眠が、しっかりとかかっている。

「ま、『常識』で考えればわかんだろ？　お前なんて練習相手にぴったりだ。練習カレシを使うなんて美容整形みたいなもんだしな。けど、お前なら秘密を強制的に守らせられるし」

今の鏡花の「常識」は間違いなく改変されていた。

だから樹生もノってやることにする。

「や、やめてよぉ！　練習カレシなんて嫌だぁ！」

「だから拒否権ねえって。けどさ、こっちもバラさないでおいてやるよ。お前が女の子に練習カレシにされちゃう最悪に情けない雑魚《ざこ》男だってことはさ」

これも、呪いにより改変された常識だった。

『練習カレシ』は、女子にとっては大きなメリットがある一方、周囲に秘密にすべきことであり、また男子にとって練習相手にされてしまうことは、女子に道具のように

扱われる、童貞であることの何倍も恥ずかしいこととなるのだ。

要するに、この呪いによって、樹生を性的な練習相手にする合理的な「常識」に支配される。

鏡花がこの常識改変の催眠にかかっていることを確信した樹生は、拳を握って覚悟を決めた。

——これは復讐なんだ。

もう引き返せない。

殺されたクロスケの無念を晴らすため、樹生は、突っ走るしかなかった。

「来いよ。今からあたしの家な。今日、親いねーから」

花のような匂いをふりまく後ろ姿に勃起《ぼっき》しつつ、樹生はギャル美少女の後に付いていくのだった。


七海鏡花の家は、派手な外見とは裏腹に、伝統的な日本家屋だった。

ただし、敷地が段違いに広い。区画全体が家だ。さすがはこの地域の古くからの大地主である七海家だ。

「あたしの部屋、離れにあるからさ」

門をくぐると、広い広い庭園を歩かされる。

しばらく進むと、屋敷といって差し支えない家屋の隣に、平屋の小さな家があった。

なるほどこれが噂の鏡花の『遊び部屋』か。

中学生になって「父親の体臭が臭い」と、それだけの理由で親に離れを作らせたらしい。小屋というには大きすぎる建物の玄関を開けると、ふわりと女子の甘い匂いが香った。玄関を上がると、樹生の住む2LDKの自宅よりもずっと広い空間が広がっている。

「さて、どうしよか？」

部屋はいかにも女子らしいピンクと白が基調の部屋だった。

家具も一式揃っている。鏡花が自室のベッド脇に立つと、これからの「練習」をどうしたいか訊いてきたのだ。

「れ、『練習』……するんだよね？」

「そーだよ。でもあたしだって初めてだからよくわかんねーし」

樹生も初めてなのだった。

互いに初めて同士、普通ならば初々しく甘酸っぱい行為、それをこんな邪悪な呪いの中していいのか、やはり抵抗感はある。

だが——こんなに恵まれた境遇でいて、この女は樹生への加害の先頭に立つのだ。

暴力暴言。樹生の性癖や恥部の撮影。クラスメイトへの暴露と拡散。

何よりもクロスケの殺害と、命に対する侮辱。

積年の恨みに、樹生の胸に怒りが渦巻いてきた。

覚悟が満ちていく。この七海鏡花という女は、一番に地獄に落とさなくてはいけない。

「も、もしかして、そ、総一郎君って、あんな真面目な風でいて、強引に荒っぽくするのが好きなんじゃないかな？」

樹生は、鏡花の想い人の性癖について、知ったようなことを言ってみる。もちろん『練習』するための布石でしかなかったが、

「総一郎クンが？　強引に？　テメー、総一郎クンのことをどんな目で——」

一瞬「しまった」と樹生は思ったが、鏡花が動きを止める。

少し考える風にして、美少女顔を赤らめて、

「でもそれいい……コーフンする。総一郎クンに押し倒されて、強引にされるのわりとサイコーって気がする。それ……『練習』したいかも」

恐れることはなかった。鏡花はもう催眠の中なのだ。

すでに樹生の提案すること、実行することは、鏡花の脳内ではすべて想い人との行為を予感させることで、

「ああ、鏡花！」

「ちょ、待、んむぅ……！」

樹生は鏡花に襲いかかった。

細腰を折れるくらいに抱きしめ、唇を押し付けたのである。

「き、鏡花！　これ『練習』だから！　きちんとやりなよ!?」

「わーかった……んむ、てばぁ……へむ」

樹生にとっての初キスは、暴力的な興奮に満ちたものだった。

普通の青少年であれば、ロマンチックな軽いキスで頬を赤らめるだけなのだろうが、
樹生は、校内でもトップクラスの美少女の甘い匂いを鼻腔に溜めながら、たっぷり舌を絡めて、むさぼるようなキスをしているのだ。

「んむぅ……んむ♡　へぁ……んむ、ん、む……♡」

鏡花のGカップの巨乳の感触を胸に受け止めながら、互いの唇を合わせ、口内では舌を洗濯機のようにかき回してやる。

さらさらの甘い唾液を味わいながら、ぬるぬると口内の粘膜を絡める。

樹生は初キスであるのに、この美少女と性交を前提とした口づけを、否、口腔《こうこう》での性交のようなキスを堪能してしまっているのだ。

「ちょ……激しすぎ、んむっ♡」

樹生は、鏡花をベッドに押し倒した。

制服姿のまま正常位で抱き合い、生白い脚を広げさせ、ショーツに向かって隆起した制服ズボンの股間を押し付けて腰を振る。

もちろん舌はそのまま絡める。口内で揉み合わせ、互いに舌を伸ばしてベチベチと舐め合い、びくつく肉棒を、まだ着衣の秘所に擦りつけるだけのもどかしさに鼻息を荒くする。

数時間前までは、樹生を罵ってきた口を、顔だけは美少女な可憐な唇を、徹底的に自分の唾液で汚してやる。

自分を踏みつけてきた足を大開脚させて、恋人しか触れられない局部に、下品に勃起した股間を押し付けてやる。

鏡花の、美少女の体温と匂いに包まれて、復讐の愉悦と征服感にめまいがしそうだった。

「ああ、鏡花！　脱いで！」

「ちょ、焦んなよぉ……！」

樹生は鏡花の制服ブラウスをまくり上げた。

数個ほどボタンが飛ぶと同時、ピンクのブラに包まれた双丘《そうきゅう》が、ぶるん、と飛び出てきた。鏡花が背中を自ら上げてホックを外してきたので、樹生はブラも押し上げてやる。

樹生は思わず目を見開く。素晴らしく美しい造形の胸だった。
真っ白な乳房は、重力をものともせずにツンと張っていて、二つ並んだロケットと例えて過言ではなかった。先端は小さく、綺麗な桃色で、

「あああああ――――っ！」

「あ、ばかっ♡　もっと優しくっ！」

たまらず樹生は顔面を埋めてやった。
制服から突き出たナマの巨乳を、浴びるように顔に擦りつけ、揉みしだき、乳首をしゃぶってやる。芯があってモチモチの、最高の弾力だった。しっとり肌はうっすら甘い汗が出ているようで、味も最高だった。
しかもこの乳房はただの乳房ではないのだ。
七海鏡花、全校男子憧れの巨乳ギャル。皆が遠くから眺めることしかできない双丘を握り締めていると、大きなトロフィーを手に入れたような、誇らしげな気分にもなる。

「はぁっ、はあっ……♡　総一郎クンも、こんなふうに……んっ♡　激しく襲ってきたら、いいなぁっ……♡」

見下している男子に身体を好き放題されているというのに、鏡花は逆に赤面して息を荒くしていた。本当に予行演習のように、総一郎との本番を想定した行動のように

捉えて、期待と興奮に染まっているのだ。

「鏡花！　口開けろ！」

樹生は再び鏡花と舌を絡めた。制服の半裸の美少女を組み伏せて、恋人つなぎで両手を握り、股間を合わせながら、舌をべとべとに舐め合うのだ。

「ああ鏡花！　飲め！」

「ひゃい……んく……総一郎クンも、こんなヘンタイなことすんのかなあ♡」

さらに開いた口に唾液を落としてやる。樹生の体液を飲み込ませて、鏡花の体内を侵略していく気分に浸る。

何十分も絡み合った。

誰も来ない密室で、二人きりで、制服姿のまま、互いの体臭を擦りつけるように抱きしめ合って、鏡花の口腔には、コップ一杯くらいの唾液を飲ませてやったかもしれない。

すでにマーキングしてやった爽快感があったが、本番はこれからなのである。

「やば……♡　こんな濡れたの初めて……♡」

とうとう鏡花のショーツを脱がしたのだ。

布地の秘所が糸を引いている。脚を開かせて股間を見つめると、明るい蛍光灯の下、ピンクの肉唇がぬるぬる光っていた。ＡＶで観たよりはるかに美しく整った性器が、樹生の目の前に現れたのである。

樹生もたまらずズボンを脱いだ。こちらもパンツが先走り汁でびしょ濡れだ。

ベッドの上では、互いに熱く濡れた性器をむき出しにした男女が、今まさに生殖をするために向かい合っていて、

「ほ、ほら来いよ……♡　あーあ、お前ドーテーなのに可哀想。あたしに、すげえ雑に『練習』で使われちゃって……！」

催眠のせいと分かっているとはいえ、この期に及んでも見下す目でいるのだ。

「うう、鏡花は、ひどいなあ♪」

樹生は、形だけ、下位のオスとして、嫌がるふりをする。

先走り汁を垂れ流しながらびくつく肉棒を、美少女の肉唇へにちりにちりと沿わせる。亀頭の先端を肉唇に埋めると、熱々に濡れていて——。

樹生は一気に肉棒を沈めた。

「————————ッ♡♡！」

自身が勢いよく狭い肉壁《にくへき》を滑っていく。熱く吸い付いてくる膣肉の感触に、息が止まりそうだ。

「いっ……たぁ……っ♡！」

鏡花はのけぞりながら苦痛に耐えている顔だ。

そういえば処女なのだ。樹生のペニスがこの美少女の、一枚しかない神聖な膜を破って、一生残る跡をつけたのだ。

「ああ！　鏡花の初めてもらったぞ！」

処女の聖域に根元まで肉棒を埋めて、自分の旗を立てた征服感に、樹生はただ震えるしかなかった。

「んっ♡　処女は……練習カレシにあげるのが、んっ……一番レベルアップするんだから、お前こそ、使われて、ざまーみろだっ♡」

この催眠にかかると練習カレシとセックスすることは経験値を積む認識になるのだが、処女を奪われても得意げなのはさすがの樹生も笑いそうになる。

「ああ鏡花！　気持ちいいよ！」

樹生は腰を振って性器を抽送《ちゅうそう》した。

肉棒に気持ち良く吸い付く膣肉を味わいながら、制服美少女に抱きついて、ゆるく巻いた髪に溜まった甘い匂いを嗅ぎ、巨乳の凹凸を胸に感じながら、無我夢中で密着性交するのだ。

「あっ♡　待て痛っ♡！　ちょっと痛いからっ♡　んっ♡！」

さすがに処女なので痛みも感じているようだが、聞いた話よりは軽そうだ。

樹生の受けた痛みはこんなものではなかった。

構わず腰を振る。この少女がしたように、相手の反応など見ずに、身勝手に、自分の気持ち良さだけを追求してやる。

「鏡花！　総一郎クンの時も痛がるつもりか!?　総一郎クンは優しいから、気を遣ってやめちゃうんじゃないかな～？」

「こ、この、舐めんなっ♡！　い、痛くなんかないっ♡！　んっ……ふ、ふつうにイチャイチャしてやるよっ！　お前こそ、口開けろっ♡」

狙い通りだった。樹生を気持ち良くさせるために、初体験の鏡花が頑張ってくれるらしい。本来なら気を遣われる立場なのに、聖域を汚されながら樹生を接待すると言っているのだ。

「んっ♡　はぁーっ♡　すき、だぞっ♡　んむ、ちゅむ……すきだからっ♡　だいすきっ♡」

総一郎の時に告げるつもりなのだろう、舌を絡めながら、愛の言葉を囁《ささや》き始めた。舌をべろべろ舐め上げて、鼻を鳴らして甘えながら、この高慢ちきなギャル美少女が好意を伝えてくるのだ。

「あっ♡　すきっ♡　んむぅ……すきぃ♡　あ――っ♡　だいすきぃ♡！」

普段とのギャップに、樹生は大興奮で唇に食らいつき、腰を振りまくった。

この外見だけは最高の巨乳美少女と、その自室で、恋人のように結合しているのである。

興奮は最高潮だった。挿入直後からすでにあったが、ペニスと睾丸が危うい痙攣《けいれん》を繰り返している。

と、樹生は気づいたことがあった。

そういえばコンドームをつけていない。避妊具無しでつながっている。

授業で習ったのは、する時はゴムをつけるということだ。

復讐の興奮で、完全に装着を忘れてしまっていた。さすがに妊娠させてしまったらどうすればいいのか分からない。

元々のんびり屋の樹生は、考えの詰めが甘い。

射精感に耐えながら、妊娠の恐怖で軽いパニックになりそうだった樹生だが、そういえば抜けばいいだけのことだと思い至る。膣内に射精しなければ危険性は大幅に下がるに違いない。

名残惜しい気もしたが、樹生はペニスを抜くことを決断した。

ある程度の復讐は果たした気にもなっていたので、許してやる気持ちになってもいたのだ。

しかし、樹生が腰を引く寸前、なぜか臀部《でんぶ》に抵抗を感じて、

「そ、総一郎クン！　だいすきぃ♡！」

鏡花が抱きついてきたのだ。

やや小柄ながらスタイルが良く四肢が長いので、背の低い樹生の身体をしっかりと抱きしめることが可能だった。

踵で樹生の尻タブを押さえるようにしていて、それは今まさに性器を抜こうとしていた樹生の動きを完全に封じるもので、

「き、鏡花！　だめだ！　離して！　出ちゃう！」

「あっ♡　あ――っ♡　だ、出せ！　出せよぉ♡！　総一郎クンとする時も、ぜったいに、イかせるんだからぁ♡！」

しかも鏡花自身も腰を振り始めた。

膣がこれ以上なく吸い付いてきて、膣奥に亀頭が何度も衝突して、非常識な性刺激が樹生の性器で炸裂する。

「だめだ！　鏡花！　出る！　中に出る！　出ちゃう！」

「あ――っ♡　出せ出せっ♡　出してぇっ♡！」

「だめだっ！　本当に！　だめだだめだ、あああ――っ！」

ばびゅ、と弾けた感覚がして、樹生はすべてを諦めた。

鏡花の肢体を抱きしめたまま、股間の抵抗を手放すと、睾丸の奥底から熱くねっとりしたものがせり上がってきて、

「ああ――――っ♡♡！」

鏡花がひときわ高い嬌声《きょうせい》を上げると同時、樹生は膣奥に射精した。

汗ばんだ制服美少女を抱きしめ、甘い耳の裏を嗅ぎながら、口をぱくぱくさせて、股間だけを激しく拍動させる。

びゅるん！　びゅるん！　と粘度の高い液体が爆発的な勢いで尿道を通過して、少女の胎内に吐き出されていくのが分かる。

大股開きになった校内一のパリピ美少女の最奥《さいおう》に、ねばついた体液を塗り込んでいく感覚に目の前が真っ白になる。

さらに避妊無しで、妊娠の危険性のある射精という背徳感が、快感を数段階押し上げていた。

自分の精子が、外見だけは良い憎き美少女の聖域に侵入し、卵子と受精して取り返しのつかない合体をしてしまう未来を考えると、踏み越えてはいけない悪に染まってしまった気がしたのだ。

「ああ、ああ……！　鏡花……！　中に出ちゃってる……！」

「んっ♡　ざまーみろ……っ♡　濃いセックスするほど……レベルアップするんだからなっ♡　んっ……♡」

互いに荒い息をつきながら、鏡花の膣が断続的にペニスを甘く締めてくる。

そのたびに樹生は、奥の奥から、ひと射精ずつ出てしまう。毎回毎回、妊娠の危険のある噴射の快感に痺《しび》れてしまうのだ。

「そうじゃなくて、妊娠っ……！」

「は？　『練習』で妊娠するわけねーし……♡」

そういえば常識改変のうち、このあたりも書き換えられてしまうのだった。

樹生自ら抑制しないと、鏡花を簡単に妊娠させてしまいかねない。

だが今の樹生には——射精終わりの息をつきながら、尿道に残った精液を膣の締まりでしごき上げられている樹生には——

「そ、そうだ。練習なら妊娠、しないもんな」

樹生のペニスがすぐさま勃起した。

そして、性器の抽送が再開される。

射精する直前、膣内射精を避けようとしていた樹生は、この少女を許してやろうという慈悲も浮かんでいたのだが、いまやそれはない。

無避妊の膣内射精をしてしまった。

一線を越えた事実が、樹生から恐怖を奪い取っていた。興奮と悪意に染まりつつそれを受容してしまっていた。

優しい少年は、加虐へのためらいを忘れ、復讐と性欲に燃えていた。この七海鏡花という少女を破滅させると、決意してしまったのだ。

もちろん一日出さなければ精液が黄ばんでくる一八歳の樹生が、一度の射精で終わるはずがない。

しかも昨日はクロスケの死の哀しみで、射精していなかった。睾丸がずっしりと精液を溜め込んでいたのである。

一時間後、夕日に赤く染まる七海家の離れでは、歴史ある地主の娘が貧乏で醜い男にまだまだ膣を犯されていた。

「あっ♡　だんだんっ♡　良くなってきたっ♡　これで総一郎クンとした時も、気持ちよくできそうっ♡」

樹生と鏡花は全裸になって、本格的にベッドで性交していた。

汗ばんだ肌を互いに密着させ、身体を隅から隅まで擦りつけるようにして、性器もむき出しのまま根元まで結合させていたのである。

桃のような女子の体臭を嗅ぎながら、樹生は鏡花を後背位で、ケダモノのように犯していた。

「ああ、きっと総一郎君も激しいの好きだよ！　男だから！」

「すごっ♡！　動物の交尾みたいでコーフンするっ♡　総一郎クンと交尾っ♡」

「ああ出る！　鏡花も子宮口開くつもりでいて！　『練習』だ！　種付けされて孕むイメージで練習するんだ！」

「あはっ♡　き、キモぉっ♡！　でも総一郎クンだとやばいっ！　好きぃ♡！　いいよっ♡　あたし、子宮の入り口開くっ♡　あ――っ♡！」

桃尻を掴《つか》みながら、樹生は射精した。ペニスを膣に打ち付けるように、子宮口を亀頭でどつきながら膣内射精したのである。

鏡花の膣奥で、子宮口が降りてきて、何か蠢いている気がする。鏡花が腰に力を入れるたびに、子宮口が小刻みに開閉して、樹生の精液を吸い込んでいる気もした。

この美少女は、自分の意思で一生懸命に、樹生の精液を子宮に吸収しようとしている。乱暴な種付けが、息の合った共同作業になってしまっていた。

「ああ鏡花！　鏡花！」

「はぁーっ♡　んむ……えむ……これ好きぃ♡　総一郎クンとする時も絶対しよぉ♡　んむぅ……♡」

さらには対面座位で舌をべとべとに絡めながら、巨乳の色白とこれでもかと密着する。

「んっ♡　んむっ♡　だひてっ♡！　ぎゅーっとしながら出してぇ♡！」

互いに合わせた唇から唾液の泡を垂らしながら、きつく抱きしめ合って、愛情たっぷりの膣内射精をする。

「ああ鏡花！　鏡花鏡花！」

「暑っ……♡！　シャワー室だと、湯気で苦しくてウケる♡！」

四回ほど濃厚な中出しセックスを終えると、離れにあるシャワー室で互いに汗だくの絡み合いをする。のぼせて頭がぼんやりするまで、立ちバックで乱暴に性器をぶつけ合う。

「ああ鏡花！」

「お前まだすんのかよっ♡！　でも総一郎クンのが強いはずだから、このくらいシてやるけどっ♡！」

部屋着に着替えた鏡花を下半身だけ丸出しにして、またベッドの上、脚を絡めた寝バックで中出しする。

無避妊で、処女の膣に、七回ほど射精して、樹生の初体験は完了となった。

「お、お前……こんな……出しやがって……♡」

ベッドの上では、鏡花がすらりと伸びた脚の肢体をうつぶせに、荒い息をついていた。

肉唇からは、黄ばんだ精液が垂れている。薄ピンクは破瓜《はか》の血か。

獣欲を出しきると、さすがに冷静になってしまった。

樹生は、やはり根は優しく、臆病な少年なのだ。

「き、鏡花……危険日の計算も練習だけど、ええと、次の生理いつ？」

樹生はスマホで開いたアプリで計算しながら訊いた。

「あ……生理？　もうすぐだけど……？」

危険日は生理二週間前。とりあえず安全だったようだ。

樹生は安堵のため息をつく。

だが樹生の心に染みた一点の悪意は、すでに広がりだしていた。

この安堵のため息は、妊娠させてしまう危険性を除外したことによるものではなく

――


翌日の午前。樹生は休み時間に、トイレ前で鏡花と出くわした。

周囲には誰もおらず、二人きりだ。

「――き、鏡花。今日も練習するの？」

「あ？　トーゼンだろ。自分から聞きに来るとか馬鹿だなー、お前」

制服姿の美少女は、巨乳の胸を張り、やはり見下しの目を向けてきた。

樹生はほくそ笑んでいた。昨日の危険日確認での安堵のため息は、この少女を妊娠させて傷つけまいと、気を遣ったためではない。

――今日も、しこたま中に出してやる。
妊娠のリスクを犯さずに復讐する。
この少年は、呪いの使い手としての自覚に目覚めていた。
復讐の鬼と化し始めていたのだ。

第二章　相思相愛妨害セックス

数日後。
結局『練習カレシ』による練習二日目は、打診直後に生理が来て延期になっていたのだが、そろそろ生理が明ける頃でないかと樹生が考えていると、スマホが着信のバイブで震えたのだった。

【メッセ　鏡花・樹生】
鏡花『また今日から練習な』

今は午後の授業中だ。
静かな教室。鏡花からメッセージアプリで連絡がきた。
樹生は『分かった』と返して、身体の芯にある復讐心に再度の熱を入れる。

樹生『今日は、僕の家とかどう?』

鏡花『は？　いやだが？　クセーもん』
樹生『彼氏の部屋に行く練習しないと、本番で緊張するよ』
鏡花『それもそうか。てかお前から積極的だな。まあ素直なほうがあたしも楽でいいけど』

この催眠は、解かない限り続くのだ。解けるのかといえば解けるのだが、まだ解くつもりは当然ない。

催眠を解かないリスク――期せずして誰かに自分の状況を言いふらしてしまう危険性についても考えたが、この催眠は鏡花自身も言った通りに「練習カレシを使う行為は美容整形と同じくらい秘密にすべきもの」という常識に改変される。

誰かに言いふらされる危険性というのも、理論上はほとんどない。

鏡花『樹生の家、親大丈夫かよ？』
樹生『今日から二人とも二日間の出張なんだよね』
鏡花『お前さ、まじで部屋片付けておけよ』

授業中、二人でこっそりメッセージのやり取りをして放課後の予定を立てる。メッセの気軽さも含めて、まるで普通の彼氏彼女のようで、樹生は思わず笑いそうになるのだった。


放課後になった。

「なあ、今日は忙《いそが》しいか？」

チャイムが鳴ると同時、生徒会長・池田総一郎が鏡花に話しかけていた。

「んー、やや忙しめだけど、なんかあった？」

「……いや、ならいい。何でもない」

長身で見下ろしてくる品の良いイケメン面が、何か言いたげにして、すぐさま去っていった。

樹生は笑いをこらえる。

鏡花の想い人は総一郎だ。想い人の用事など、本来なら何よりも優先させるべきことだろうに、結果的にこの美少女は、樹生の自宅でしっぽりと過ごす約束を優先させてしまったのである。


「うわー、やっぱくせえなー」

放課後、樹生の帰宅後三〇分ほどして鏡花が来た。

樹生の家は、街外れの山の斜面にある。大雨の時は、土砂崩れにいつもびくびくしなくてはいけない築四〇年の小さな借家だ。

壁の薄汚れた狭い自室で、樹生と鏡花は向かい合っていた。

「総一郎クンの部屋に招かれた時の『練習』っていってもさあ。こんな臭くて汚い部屋とかサイアクなんだけど」

「も、文句言うなよ。『練習』なんだから」

やはり鏡花は不満を垂れているが、これが樹生の狙いなのである。

自分の体臭が部屋中に染み込んだ自室に連れ込み、徹底的に汚してやるのが目的だったのだ。

「さて、と」

鏡花が勝手にベッドに座った。樹生も慌てて隣に座る。

気づくと、まるで隣り合う彼氏と彼女だ。

視線を下に向けると、制服ブラウスに包まれた、ツンとそそり立つ巨乳が呼吸で上下している。今日も、この美巨乳を自由にできるかと思うと、今から勃起してしまう樹生だった。

ただその前に、ふと訊いてみたいことがあったのだ。

「ねえ、鏡花はなんで総一郎君のことが好きなの？」

「あ？　何だよ突然」

確かに唐突なのだが、長年の疑問だった。

多くの生徒が思うように、鏡花とリオンなら何も不思議ではない。玲奈と総一郎なら何も不思議でないのと同じように。

なのになぜこのパリピ少女は、優等生の総一郎に想いを寄せているのか。

「ほら、『練習』の質の向上につながるかもしれないだろ？」

「まあ、それもそうか……」

『練習』は、すべての疑問を素通しにする。

鏡花が、昔の思い出を語り始めたのだ。

「そだな。小学生の頃、ＴＶで恐竜の番組観ててさ。皆には、女なのに恐竜好きなの馬鹿にされたんだけど、総一郎クンだけは真面目に聞いてくれてさ。しかもある日、貝の化石を取ってきてくれて、何気なくあたしにくれたんだ。あれが嬉しくて、それから好きになっちゃったわけなんだけど――」

普通ならば、なんとも微笑ましいエピソードだった。

だが樹生は、その思い出を聞いて怒りを溢れさせ始めた。

確かに覚えているのだ。

小学生の頃、恐竜の番組を観て、樹生は裏山に化石を掘りに行った。

裏山が都合よく発掘地なわけもなく、無謀な試みだったが、一ケ月間毎日山を掘って見つけたのが、あの貝の化石だった。

それを、総一郎は樹生から奪ったのだ。

せっかく見つけた化石を手放さない、手放すわけにいかない小さな樹生を、何度も蹴って奪ったのが総一郎だった。

総一郎は、それを鏡花にプレゼントしたらしい。あの強奪された化石をきっかけに恋が芽生えたとは、なんともタチの悪い冗談だった。

絶対に破滅させてやる。

樹生は復讐を再度誓った。同時に、鏡花の肩を抱き寄せる。

「へ、部屋行ったら、総一郎君なら、こうしてリードしてくれると思うから」

「ああ、そうかもな。総一郎クンのリード、コーフンする……♡」

遠く離れた彼氏を想って、瞳を潤ませ始めた鏡花と、見つめ合う。

健康的な白さで輝く肌に、桜色の唇。やはり顔だけは凄まじく美少女だ。

熱い吐息がかかる距離まで顔が近づくと、即座に唇に食らいついた。

「んむぅ♡　へぁ……♡　んむ、ん……♡」

制服美少女の腰を抱いて、唇を密着させ、口内で舌《いじ》をたっぷり絡めてやる。

もちろん巨乳もしっかり揉みしだく。乳首を弄ると跳《は》ねる肢体を抱きしめて、舌を絡め、乳を揉み、太ももを愛撫し、全身に手垢をつけていく。

まるで本当の、ベッドで隣り合った恋人同士のように、性交の気配を部屋に充満させていく。

樹生としては、まるで本当の恋人のように、そして恋人以上のことをしてやるというのが今日のテーマだった。

過去、樹生からの搾取によって恋人への想いを募らせた女を、樹生の臭いが充満した部屋で、樹生の体液まみれにしてやろうと思っていたのだ。

「さ、服脱ごうか、鏡花」

恋人のように服を丁寧に脱がせてやる。

服を畳み、お互い下着姿になり、鏡花のブラを外すと、真っ白に張った球体がこぼれ落ちた。

「ああ、鏡花！」

相変わらず見た瞬間に本能が全開になる巨乳だった。樹生は鏡花を押し倒してもどかしく四肢を絡め始める。

熱く滑らかな白肌に、全身の毛穴と皮脂を擦りつける。白い乳房の深い谷間に顔を埋め、乳首を吸い、秘所へとショーツ越しに、勃起した股間を叩きつけてやる。

甘い匂いにまみれて頭がくらくらする。このまま下着を脱がせて即座に挿入したかった。だがそれでは前回と同じなのだ。あらゆる方法で、この少女を貶めてやらないといけない。

「はぁ、はぁ、鏡花……フェラの練習してよ」

「フェラ？　って、ああ舐めるやつか。ええ……お前のチンポ舐めるの？」

当然、鏡花は抵抗するのだが『練習』と言えばしぶしぶ従うしかない。

数分後、ベッドに大股開きで座る樹生と、床に正座してペニスに相対する美少女の構図が完成する。

「フェラとか、遊びで観たAVでしか知らねーんだけど……」

「じゃあ、スマホでAV観ながらしたらいいんじゃない？」

言ってから、鏡花のスマホで無料AVサイトを開かせる。

「うわー、男ってこういうの観るんだ……」

「観てない男のほうが少ないよ。まず総一郎君も観てると思ったほうがいいし、いつも観てるAVの、プロの女優さんみたいにフェラしたら喜ぶんじゃないの？」

「そ、それも確かにそーか」

「そうだよ。これは『練習』なんだから、お手本があったほうがいいでしょ」

部屋には、大音量でAVのフェラ動画が流れる。

滑稽で卑猥《ひわい》な空気の中、下半身丸出しの樹生と鏡花が再び向かい合った。

「ん、む……臭っ……んむ」

桜色の唇が、赤黒い肉棒をくわえ込んだ。

口腔内では、ペニスが唾液で濡れた粘膜に迎えられている。うっすらついた恥垢が、美少女の舌に舐め上げられて、嚥下《えんげ》されていく。

気持ちいい。長年罵ってきた口が自分の汚い部分を舐めている事実に、樹生は下克上の快感を味わっていた。

「あー、そこそこ、もっと吸って。ほら今AVでもやってるみたいに」

「んご……んむ」

ゆるく巻いた髪の頭部に雑な命令を飛ばして全体をしゃぶらせる。

陰茎へじっとり舌を這《は》わさせる。

玉袋の汗を拭くように舐めさせる。

亀頭とカリの周囲を、集中して舐めさせる。

喉元まで深く深く含ませて、バキュームのように吸わせる。

スマホに流れるAVが、新しい舐め方になるたびにそれを試させる。

フェラは一時間にも及んだ。

初のフェラというのに、この七海鏡花という少女は、ほとんどの女が一生を通してもやらないほどの、多彩なパターンのフェラを実行することになったのだ。

トップカーストのギャルとして、ダメ男を罵り、自信満々に周囲へイキり散らしていた口唇《こうしん》。それを自分のオナホにしている痛快さに、樹生はペニスを蕩《とろ》けそうにさせていた。

そろそろ限界だった。ぎこちないが長時間のフェラでペニスが鏡花の口と一体化したような気分になり、心地よさに痺れてきていた。

「鏡花出る！　AVみたいに口に溜めて！　さっきから何度も観てるでしょ！」

「わかっ……ひゃ……出して……んむ、んぐ――っ♡」

数日ぶりの射精。そのひと射精目は、固くなった栓が圧力で抜けて噴いたようだった。

「んごっ……ぶふっ……んぶっ！」

鏡花の口に射精していく。鏡花の熱い口内粘膜にぬるぬる包まれながら、樹生の体液を撃ち込んでいく。ぶるんぶるんと、ねばついた粘液塊が尿道を通っていく。あまりの量の多さのせいか鏡花がむせて鼻から精液鼻水を垂らしていた。

「んぽっ！　んぶっ……！」

まだ出る。まだまだ出る。かなり長い射精だった。膣へ出すのとは別種の征服感に、樹生は涎《よだれ》を垂らしながら股間を拍動させていた。

「ほへで……いいおあ？」

射精が終わった。鏡花が唇を押さえて息を整えた後、ゆっくりと口を開く。

口腔内は黄ばんだ精液がプールになっていた。もしかするとコップ半分くらいの量が出てしまったかもしれない。

憎き少女の口内を徹底的に汚した達成感に痺れつつ、樹生は「飲め」と指示を出した。

鏡花がうなずいて、小刻みに喉を鳴らしていく。自分のＤＮＡを子宮だけでなく胃でも泳がせた。この美少女に完全にマーキングしてやった気分になる。

「臭っさぁ……おぇっ……うぇ……」

飲み終わった鏡花がえずく姿に、一層の勝利の気分を覚えた。

だがこれからなのだ。

「鏡花、これに着替えてよ」

樹生はこの数日で仕入れた「あるモノ」をベッドに置いた。

「は？　何だこれ？　……ってメイドってやつか」

ベッドの上には、安モノの、実にチープなメイド服が広げられていた。

「うわあ、メイドとかキモっ。着るわけねーし」

鏡花が瞬時に拒否した。

このギャル美少女は、オタク趣味嫌いで有名だった。

文化祭の企画案でメイド喫茶やコスプレの話題など上がろうものなら、即座に挙手して反対し、完膚なきまでに叩き潰してきたのだ。

「総一郎君、アニメ見るからコスプレとか好きかもよ」

「は？　んなわけあるかよ……」

あの生徒会長は意識高い系のアニメが好きで、萌えアニメの類は興味がないらしいのだが、このギャルに区別はつかないだろうと思いつつ論理を詰めていく。

「じゃあ、総一郎君にもしコスプレ趣味があったら、鏡花はセックス失敗しちゃうわけだね？　総一郎君は、鏡花に色気を感じられずに帰っちゃう、と」

「あのさあ……！　ああ……ああ……！　ったく仕方ないなー……」

ここでも『練習』で押しきってやる。彼氏のためにという理由で、本人の価値観に反した行動を取らせてやるのだ。

「じゃあ着るから、見るなよ」

半裸の鏡花がメイド服を手に持ったので、言う通りに背中を向ける。

衣擦れの音を聞きながら、期待を膨らませる。

「はあ……着たけど」

振り向くと、そこにはギャル風のミニスカメイドがいた。

大きく開いた胸元から、張りのあるナマ乳の谷間が見える。すらりとした脚の白と、黒のニーソがコントラストを作っていた。

「うへえ、オタクに媚びてるみたいでキモっ」

コスプレに対するひどい偏見である。

だがこれからオタク男子に媚びに媚びることが確定的な事実なのである。

最悪に媚びさせてやる、と樹生は決意していた。

「鏡花、メイドのプレイとセリフを教えてあげるよ」

樹生はこの数日で計画を立てていたシナリオとセリフを鏡花に吹き込んでやる。

「は！　言うわけねーし！」

「総一郎クンも『それじゃあ服着てるだけじゃん……』って萎えちゃうかもよ。きちんとメイドキャラがエッチする時みたいなセリフも言えないと」

「お、お前さあ……本当か？」

「すべてを想定した『練習』こそが、一番いい練習でしょ？」

「まあ……そりゃそうだけど」

ちょろすぎて滑稽だった。

なので樹生はしっかりセリフを教え込む。流れと展開を、さっきまで勃起していたペニスの熱が冷めるほどの時間を使って、説明していく。

そして、満を持してパリピ美少女によるメイドプレイが始まったのだ。

仁王立ちする樹生に向かって、ヘッドセットをかぶった派手目のメイド美少女が、楚々《そそ》と頭を下げて――

「お、お帰りなさいませご主人様。ご主人様の今日の疲れを、あ、あたしが癒してあげますね？」

ぎこちないセリフ暗唱だったが、鏡花は樹生に抱きついてきて、じっとりとキスを始めた。

「ご、ご主人様にごほーししたくて……んむ……すごく……ちゅむ、ん……待ち遠しかったです……♡」

強気な美少女の媚びる姿に、樹生は即座に勃起してしまった。抱きしめてくるメイド鏡花に合わせて、こちらも抱き返し、しっかりと舌を絡めてやる。

ベッドに座り、対面座位の姿勢になって、ショーツの熱い秘所にペニスを擦り当ててやる。

「ご、ご主人様……鏡花の身体を、たっぷり楽しんで、ください」

「ああ、この巨乳メイド！」

樹生はたまらず鏡花を押し倒した。

またしても正常位で、舌を絡め、ショーツ越しに亀頭を当てて腰を振る。

自分に向かって、メイド服を着て媚びる女という存在に性欲をぶつけてやる。安い生地に包まれた柔らかい肌の質感がたまらない。

だがこれは全裸でもできる。このメイド服を着せた意味がない。

樹生は身体を起こして、鏡花に馬乗りになった。そしてメイド服の開いた胸元にびくつくペニスを近づける。

そこは深く白い谷間があって、双丘を包む生地には、何やらスリットのようなものが入っていて。

樹生はそのスリットに勃起した肉棒を入れた。

入った先は鏡花の胸の谷間だ。樹生のナマ肉棒は、鏡花の白く丸い乳房にぴったり挟まれることになったのである。

要するに、安メイド服に自作のパイズリ穴を作ってあったのだ。

「ご、ご主人様、メイドおっぱいで……た、たくさん、楽しんでくださいね？」

恥辱のせいか、顔を真っ赤にしたギャル美少女の胸で肉棒を扱《しご》き上げていく。

ツンと張る巨乳を両手で寄せて、まるでモノのように扱って、ペニスの快楽を追求してやる。

胸の尋常でないモチモチとした弾力に包まれていると、膣や口とは違う、不思議な気持ち良さが襲ってくる。

「んっ……キモっ……でも、総一郎君、喜んでくれるかな……」

自慢の胸を道具扱いされているせいか、鏡花の拒否感が強い。

なので樹生は、一層恥辱に染めてやろうとした。

「鏡花、自分で手を使ってパイズリして」

「は？　嫌だけど」

「総一郎君が勝手にパイズリを楽しんでくれるとは限らないわけだし、鏡花も総一郎君に奉仕する気持ちとかないの？　しかもメイドのプレイ中なのに？」

「ああ……だからさあ……！　あーもーっ！」

言ってやると、鏡花がやけくそ気味に自分の手で胸を寄せて樹生のペニスを扱き始めた。樹生は小刻みに腰を動かしてそれに応える。

「んっ♡　んっ、んっ……♡」

気持ちいい。たっぷりした巨乳にモチモチとペニスを挟まれながら、美少女に馬乗りになれれば、まるで豪華客船に乗ったようなゴージャスな気分だった。

ふと、鏡花の吐息が亀頭にかかって、あることを思いつく。

「そうだ鏡花、挟んだままチンポ舐めてみてよ」

「えー、さすがにムリじゃね？」

「頑張ればできるって」

樹生は巨根ではない。だが鏡花が努力すれば可能だと思った。

「しゃーないなー、もー……あ、届いた。……む……ちゅむ」

かくして生意気巨乳女が、樹生のペニスを自らパイズリしつつ、必死に首を曲げてフェラをする、ご奉仕パイズリフェラが完成したのだった。

すべすべ締まる巨乳に陰茎を刺激され、亀頭には鏡花の唇が吸い付いて、伸ばした舌で絡み舐めていく。ダブルの複雑な刺激に、樹生のペニスも睾丸もびくびくと跳ねてしまう。

「ああ～、鏡花、これいい。総一郎君も喜ぶよ。鏡花の必殺技じゃない？」

「そ、そうかな？　ん……頑張るわ」

胸の動きが強まる。舌の動きが激しくなる。気の強いイジメ美少女が、とても健気に樹生にご奉仕しているのであった。メイド姿にしてやった意義も十全に活かされていた。

顔を真っ赤にしてパイズリフェラをするメイドの顔を見下ろせば、ため息の出るほど素晴らしい眺めだった。

その非日常な空気が、樹生のペニスの根元を爆発させてしまった。

「鏡花！　あー出る！　乳ま○こで出る！」

「へぁ！　ちょ、おま、んぶ――っ！　へばっ！　ちょ！」

樹生はパイズリ奉仕する鏡花の手を上から押さえる。そして白い双丘から亀頭だけ

出して、射精した。結果、鈴口から勢いよく飛び出した白い弾丸が、見事に媚びメイドの顔面に命中したのである。

「やめっ！　ちょ、ぶっ、ん――っ！」

生意気女の顔面に、最悪のマーキングをしている快感に、次から次へとねばついた樹生汁が飛び出ていった。びっ、びっ、と出るたびに、鏡花の真っ白な顔が黄ばんだ色を帯びていく。

「へぁ、おはえ……やりふぎあろ……？」

「練習練習♪　総一郎君も顔射好きかもしれないじゃん」

美少女の顔面がどろどろのホラーになると、やっつけてやった感が強い。長年いじめてきた女への濃厚な勝利の快感に、樹生は酔いしれるしかなかった。

「へぁ、ひぃっしゅ……」

「テッシュなら枕もとのほうにあるよ」

鏡花が四つん這いになってテッシュを探し始めた。

目の前では、メイドの桃尻が揺れている。雑な短さのスカートはショーツが丸見えで、秘所の部分が濡れていて、

「うう、臭っ、って？　あ――っ♡！」

樹生はメイド美少女の背後にすがりついて、ショーツをずらし、一気に挿入したの

だ。

数日前に味わった、甘美なぬめりと狭さが樹生の肉棒を包む。

一気に奥まで到達してしまうと、膣が締め上げてきて、射精したばかりというのに樹生のペニスは反り返る硬さで勃起した。敏感な剛直で、同級生のナマ膣をまた味わってしまうのである。

「ああ！　メイドと交尾！　ナマで交尾！」

「キモっ！　ばかやめ、あっ♡　ばか抜けっ♡！」

樹生が大興奮で腰を振ると、鏡花は抵抗したが、膣は熱くぴっちり吸い付いてきて、口からは嬌声らしき声も上がりつつあった。

樹生はペラペラ生地のメイド服に手を突っ込み、たっぷりした乳房を揉みこみながら膣奥に肉棒を突き立てる。

ゆるくカールした髪に鼻を突っ込んで、美少女の匂いを嗅ぎながら、本能に忠実すぎる交尾に没頭するのだった。

「ああ鏡花！　練習！　練習だ！　興奮した総一郎君も、荒っぽく交尾してくるに違いないんだから！」

「わ、分かったってば！　んっ、総一郎クンと交尾っ♡！　ナマでえっちな交尾っ♡！　あっ♡　好きっ、コーフンするっ♡！」

一転、脚を開いて膣を差し出した鏡花の腰を掴み、桃尻の秘所に深く深くペニスを沈めてやる。

鏡花自身も、小刻みだが、ねっとり煽情的に腰を振り始めた。性器の粘膜の凹凸がぶつかって、絡んで、大変な性刺激が襲ってくる。

「鏡花！　メイドのプレイ忘れないで！　総一郎クン、萎えちゃうよ！」

「わ、分かってるってばっ♡！」

鏡花は他の三人に比べると決して成績は良くない。記憶力もそうでもないのできちんと思い出させてやらないといけない。

「んっ♡ご、ご主人様ぁ♡！　鏡花のあそこ、ナマでたくさん楽しんでっ♡！　ご主人様のチンポで、鏡花のはしたないま○こをっ♡　厳しくしつけてくださいっ♡！」

普段は高慢ちきなギャル美少女を、媚び媚びで屈服させつつ、ナマ膣を思うがままに楽しんでやる。

互いに腰を振って、息の合った性器のぶつかり合いになってきた。メイドのミニスカートの腰がくねるたびに、ペニスの根元に危うい感覚が走ってくる。

もう限界が来た、というより口内や顔面に出しただけではペニスは満足しなかったのだ。やっと生殖器としての役目を全うできると、膣内に射精できると、張り切ってしまっているのだ。

「おいメイド！　出るぞ！　なんて言うんだっけ！」

「あっ♡　ご、ご主人様ぁ♡！　こ、この卑しいメイドにっ♡！　ご主人様の子種をお恵みくださいませっ♡！　あ――――っ♡！　鏡花の卵子に命中させてぇ♡！　し、子宮口、開きます、いま開きますからぁっ♡！」

鏡花が最大限に脚を開き、骨盤をくんと上げると、子宮口が亀頭に吸い付いてくる感覚がした。

美少女が子宮をはしたなく明け渡したことに、樹生はひどく征服欲が刺激され、たまらずペニスの根元を決壊させた。

「き、鏡花鏡花！　孕めぇーっ！」

「は、はいぃっ♡！　あ――――っ♡！　すごっ♡！」

亀頭が膨らみ、粘りとコシのある精液塊が、鏡花の膣奥で弾けた。

白濁液がびゅるびゅると小便のように吐き出され、熱い蜜壺に流れていく。

脚を広げ、尻を上げ、完全に子種を受け入れる体勢になった極上のメスに子種汁を注入する快感は、実に本能的な痺れを樹生の脳髄に与えていた。

樹生は涎を流しながら、腰を小刻みに振り続け、メイド美少女の膣に己がＤＮＡを流し込み続けたのだ。

「は、孕めとか……この、ヘンタイ」

射精が終わり、気づくと鏡花が真っ赤な顔で、憎々しげに睨んできた。恐らくは妊娠させるつもりのプレイに嫌悪感を覚えたのだろうが、

「総一郎君が孕ませプレイ好きだったらどうするの？　男なんてみんな好きな女を妊娠させたいって思ってるよ」

「そ、それは……総一郎が、あたしに……うん、好きだけど……♡」

もう言いなりであった。

そして言いなりであることを当然と受け入れて、この美少女を最悪に汚染してやるつもりでいた。

復讐へのためらいは、すでにほとんど消えかけていた。

もちろんこの日は樹生の親が帰ってこない。

狭く臭い部屋で、メイド服を脱がせて、全裸での熱烈な性交が繰り返されてしまったのだ。

「あっ♡　総一郎クンっ♡！　出してぇ♡！　すきぃ♡！」

「おい練習なんだから僕の名前を呼べ！　スポーツでも練習試合なら練習相手の名前を呼ぶだろ！」

「あっ♡　わかったぁっ♡　み、樹生っ♡　す、すきぃ♡　あ――っ♡！　だいすき

い♡！　だしてぇ♡！　樹生の、中に出してぇ♡！」

「ああ！　鏡花の中に出すぞ！　僕のモノにしてやる！」

全裸で密着し、唇も性器も深々と結合する。舌をベチベチと合わせながら、本物の彼氏彼女のように愛を叫び合って、汗だくの身体をきつく抱きしめ合いながら、痛快に膣内射精した。

何度も膣内射精したのだ。

正常位のまま二発。

シャワーを浴びながら一発。

同じシャンプーの匂いを放つ制服美少女に、玄関の立ちバックで一発。

日が完全に沈んだ頃になってようやく、鏡花はタクシーを呼んで震える脚で帰っていったのだった。


復讐にためらいを覚えていた樹生だったが、二度も手を染めれば慣れる。

復讐は、樹生にとって日常のイベントと化しつつあり、翌日から数日間は凄まじく淫靡《いんび》な日々が続いたのだった。

「あ――っ♡！　み、樹生っ♡　あっ♡　あっ♡　樹生ぉっ♡！」

放課後は毎日のごとく性交にふけった。

基本的には、鏡花の家の離れにこっそり入って、夕食の時間までナマで性器をつなげ合った。

全裸で、恋人つなぎをして、濃厚なキスをして、しっぽりと中出しセックスを繰り返してしまうのだ。もちろん浴室で一発出すのはルーチンで、湯気の暑さに喘ぎながら互いにキスをして、膣内射精に震えてもいた。

そして、主な性交は放課後であったが、朝になればもうオナニーで出したくなる精力の樹生が、膣内フリーの女を手にして放課後まで我慢できるはずもなく、

「なあ鏡花。今日も昼食に来ないのか？」

「あ、うん。ちょっと野暮用があって」

学校の昼休み。総一郎と玲奈、リオンが不思議そうに首を傾《かし》げる中、鏡花はこっそりと、校舎四階の一番に人の気配が少ないトイレに来る。

「んっ、んもっ……んむっ♡」

昼休みは徹底的なフェラの練習だった。

時間内いっぱい、トイレの個室でたっぷりと舐めさせる。少し前にＡＶで勉強することを義務化したせいか、いろいろな技を試してくる。いい匂いのする制服のギャル美少女が、股間にしゃがみこんで、目いっぱいの口内奉仕でしゃぶり上げてくるのだ。

「鏡花……んっ、ああ飲んで！」

蠢く舌の動きに耐えきれなくなって、樹生は暴発気味に射精する。

射精が終われば、鏡花は精液を口内に溜めた様子を見せてから、ゆっくりと嚥下していく。カメラに撮ればAV嬢そのもののフェラの動きに、樹生はほくそ笑むしかない。


大変に爽快な日々だったのだ。

樹生は自分をイジメてきた女を、愛するペットの命を奪った女を、見事に性奴隷にしてやったのである。

その日の昼、樹生は満足げなため息をつきながら、学校の個室トイレで排便していた。

連日の性交のせいで体内の水分が減っているせいか、便の通りがやや良くない気もする。もっと水分摂取をしようと、呑気なことを考えていたのだが、

「おい、しけたツラすんなよ。鏡花に男とかありえねーから」

誰の声か認識する前に、本能的な恐怖を覚えて、便が引っ込んでしまった。

「そうだと、いいんだがな」

もう一人の声も同様だった。

耳に入れれば緊張で心臓が早鐘を打つ。この声を間違えるわけがない、トイレ個室の

外にいるのは、あの四人組の男性陣にして樹生の幼馴染でありイジメ加害者、沼澤リオンと池田総一郎だ。

「にしても最近の鏡花はおかしいぞ。昼食も来ない、放課後のつきあいも異常なまでに悪い」

総一郎が、品の良い声を苦々しくさせていた。

さすがにあれだけ「練習カレシ」をやると訝《いぶか》しがられるようだ。

日常習慣を変えさせるほどに鏡花をむさぼり続けるのは、良くないかもしれない。ある程度節度を持って――

そう思ったものの、クロスケの復讐に「節度」という言葉を使った滑稽さに自分で笑えてくる樹生だった。

「まさか放課後はお前か？　リオン」

「んなわけねーだろ」

と、会話の気配が変化したのに気づく。

タイプは違えど、幼馴染ゆえに親友の二人に、何やら仲間割れのような空気が生じ始めていたのだ。

「リオン、お前も放課後はすぐにいなくなるよな」

「だからよ、俺が鏡花と付き合うとか冗談やめろっつーの」

「だが、お前はいつも鏡花と仲がいいじゃないか」

「あのな、学年のダチが共通してんだからしゃーねーだろ、それに俺は――」

確かに喧嘩腰で言い合っている。

それに、もしかしてこの会話は、

「俺は、玲奈が好きだって言ってんだろ」

「……そうだったな。すまない、リオン」

「総一郎、お前が鏡花を好きなのも分かってるけどよ。俺だって、お前と玲奈が仲良いことに、けっこう嫉妬してんだぜ？」

「そ、それは……だが俺が玲奈と付き合うということはあり得ない。絶対だ」

「それと同じだっつーの」

まさかの事態だった。

この四人は男女2：2で、真面目男×チャラ女、チャラ男×真面目女、と互いに違うタイプと相思相愛でいたのだ。

「俺は、怖いんだ。人気者の鏡花に、俺のことを地味だと、男として見れないと拒絶されることが」

「俺だって怖えーよ。真面目な玲奈が、俺のことをチャラいって、付き合う相手としてナシとか言われたらと思うと、すげー怖え」

四人とも相思相愛のくせに、タイプが違うゆえに、距離を詰めるのを恐れていたということだった。

最高の茶番だった。

事実がまっすぐに伝われば、すぐさまハッピーエンドを迎える、最悪に下らない、薄っぺらいシナリオだ。

「だが俺は決めたぞ。そろそろ動く。今週土曜、鏡花を水族館のデートに誘う」

「お、やるな。ちょうど無料チケットあんだわ。使うか？」

「お前、まさかこれは……玲奈を誘うためのチケットじゃないのか？」

「怖くて誘えねーの。まずはお前が先陣切ってくれよ」

「わかった……感謝する」

美しい友情だった。しかし――

ペットを殺した殺害者たち。

樹生に長年危害を加え続けた加害者たち。

お前たちに幸福な結末は訪れない。訪れてたまるか。

樹生はスマホを取り出して、メッセージを打った。

【メッセ　樹生・鏡花】

樹生『そろそろ「練習」の成果が出る頃かな？　もしかしたらデートに誘われるかも。もし誘われたら「当日練習」とか必要かなあ？』


白々しく、鏡花に聞いてやる。

陰湿な地獄への道を、舗装してやるのだった。


土曜になった。

ここは街の郊外、海沿いにある水族館だ。

天気が良い。太陽がさんさんと降り注ぐ中、入り口で待つ美少女は、普段よりもさらに表情を輝かせていた。

七海鏡花だ。

秋コートにミニスカートの装いだった。胸がツンと突き出たニット、スカートからは健康的に光る真っ白なナマ脚が伸びている。もう寒いだろうに、想い人のために脚を出して、なるべく露出度を演出しようとしているのだ。

「さて……と」

樹生はスマホの画面に視線を落とし、数日前のメッセを読み返した。

【メッセ　樹生・鏡花】

樹生『練習どうする？　総一郎君とデートとかしたことないんでしょ？』
鏡花『な、ないけど……マジでどーしよ。誘われて焦ってんだけど』
樹生『じゃあこうしようか。当日、僕もこっそり付いていくよ。デート中、悩んだら何をすればいいか、僕と「練習」してシミュレーションすればいい』
鏡花『なるほど……それはアリかも』

すでに布石は完璧に敷いた。

あとはあの男から、徹底的に奪ってやるだけだ。

池田総一郎。

母親の勤め先の社長の息子、樹生の母親のクビをネタに脅してくる男。

——お前の好きな女、僕のだから。

樹生は笑った。その笑顔は、一ヶ月前の樹生が見ればきっと驚くような、悪魔のような顔だった。

「遅れてすまない。待ったか？」

「う、ううん。ぜんぜんだよ！」

鏡花の近くに、総一郎が来た。樹生も近くに立っていたが、帽子と眼鏡、マスクで変装しているのでまったく気づかれていない。

鏡花は嬉しそうに微笑んでいる。一方の総一郎も、知的な顔に照れ混じりの笑みを浮かべている。

――僕、お前の好きな鏡花に好き好きって言われながら中出ししたよ？

樹生は思い出し勃起しながら、いじめ加害者のくせにピュアな顔を見せる男を心の中で嗤ってやった。

そして相思相愛の、友達以上恋人未満の二人の、デートが始まったのだ。

「ここの水族館も久しぶりだな」

「あたしもー！」

総一郎と鏡花の二人は、館内の大水槽を回る。ペンギンのプールを眺める。

ありきたりな水族館鑑賞だ。

だがこの二人にとっては、それだけで楽しいようだった。

「ペンギンは数百メートルも潜水できるんだぞ」

「へえー、そうなんだ。総一郎クン物知りぃ♪」

「実は、一分だけなら空も飛べる」

「うそ！　マジで！」

「はは、嘘だ」

「もぉー、なんなんだよぉー♡」

ド寒いやり取りの後に、鏡花がツッコミがてら総一郎の腕に抱きついた。巨乳を押し付けられたせいか、総一郎が顔を赤らめている。

樹生は舌打ちしつつ、その巨乳は僕がさんざん揉んで舐めて、パイズリオナホにしたよ～♪　と彼氏未満の男を嗤ってやる。

だが、そろそろ徹底的な差を思い知らせてやらなければいけない。

【メッセ　樹生・鏡花】
樹生『ここから総一郎君といい感じになった時のための練習しようよ。一階の多目的トイレに来て』

そして数分後。

水族館のトイレ個室には、もさっとした小太りの少年と、ギャル系ファッション誌の、モデルのような美少女が向かい合っていた。

「ほら、ここ座りなよ」

樹生が便座に座ると、鏡花が対面で、樹生の股間に腰を下ろしてきた。

「どーしよ♡　けっこーいい感じなんだけどぉ！　総一郎クン、もしかしてあたしのこと好きだったりしてぇ！」

甘い匂いをぷんぷんさせて、鏡花が興奮していた。

しかし、想い人への表情に反して、身体は彼氏でもない男の股間に座って、ショーツの股間を当ててもぞもぞさせているのだった。

「よかったね鏡花。もしかするといきなりキスされるかもよ。練習しないと」

「わ、わかってる……んむ……えあ……んむ……♡」

鏡花が樹生の首をかき抱いて、濃厚なキスをしてきた。

想い人とのデートのため最大限にオシャレをした美少女の匂いを嗅ぎながら、樹生は舌を絡めて唾液を味わい、鏡花の喉に自分の唾液を塊で送り込む。

ニットを突き上げる巨乳を当然のように揉み、乳首をぐりぐりと弄ってやる。

「ああ、鏡花。最初よりもずっとエッチなキスするようになったよね。総一郎君も喜ぶんじゃないかな」

「ほんとぉ……♡？　ああ、総一郎クンとえっちな、キス……したぁい♡」

言いながら、鏡花が一層いやらしく舌をかき回してきた。

唇と唇はぴったりと塞がれ、お互いに荒く鼻息をかけ合いながら、口腔内では喧嘩する蛇のように、互いの舌を激しく暴れさせて絡み合わせる。

これ以上の深いキスはあり得ないくらいにつながる。男女としてこれ以上ないキスをこの美少女は樹生と経験してしまったのである。

「んむ♡　……んむぅ♡　へあむ……んむぅ……♡」

口腔から耳に響く、舌粘膜の激しい打音を聞きながら、股間もじっとり擦りつけていく。ナマ脚ミニスカなので、鏡花の秘所を守るものはショーツ一枚だ。

「ぷは……鏡花、総一郎君が待ってるんだろ？　早く『練習』終わらせないと」

「んむ……そうだった♡　それじゃあ、そろそろ」

「待って、総一郎君にいきなりセックスされた時の練習もしないと」

「ええ……うそでしょぉ？」

さすがの鏡花も、想い人を待たせたままのセックスには抵抗があるらしい。だが樹生は催眠のほうがずっと強いことを知っている。

「早く終わらせればいいんだよ。それとも練習ナシでいく？　練習ナシで総一郎君が迫ってきたらどうする？　失敗して嫌われちゃうかもよ？」

「ああ、もー……しゃーないなぁ」

速攻で堕ちた。

「ほら、襲ってきた総一郎君をびっくりするくらい気持ち良くさせて、すぐにイかせる練習だよ」

「そっか、がんばるぅ♡　はぁーっ♡　すぐにイかせてやっかんなっ♡」

鏡花が腰を上げた。自らショーツをずらして、中腰で沈んできて、樹生も肉棒の位置を調整して、部位と部位を合わせる協力をして、

「っ、あああああっ♡！」

熱々の狭い膣に、一気に包み込まれてしまった。

便座に座る樹生の、屹立《きつりつ》したナマの肉棒をずっぽりと膣に埋めて、鏡花が着席したのだ。

「鏡花、濡れるの早くない？」

「んっ♡　デートしてる時から、ちょっぴりコーフンしててっ♡　さっきキスしてたらっ♡　すごい濡れちゃったぁ♡」

「へえ、鏡花ってスケベなんだね。でも総一郎君もエッチな女の子は好きだろうし、喜ぶんじゃないかな」

「そう、かなぁ♡？」

「ほら、それよりも早くイかせる練習。僕なんかより、総一郎君のほうが大事だろ。早く僕をイかせてデートに戻らないと」

「あ、当たり前ぇっ♡　んっ♡　す、すぐにイかせっかんなっ♡」

鏡花がいやらしく腰を動かし始めた。

対面座位で、小刻みに、時には大きく、細くしなやかな腰を煽情的に振る。

そのたびに子宮口が尿道口をかすめ、吸い付き、女体に子種を求められる動物的な幸福を感じる。

「ああ、鏡花！　もっとエッチに腰振って！」

「んっ♡　総一郎クン……♡　すきっ♡」

「『練習』なんだから僕の名前だろ！」

「そ、そうだったっ♡　んむ……♡　み、樹生っ♡　すきっ♡　ちゅむ……ん♡　あっ、すきぃ♡！　樹生のちんぽ気持ちいいっ♡　鏡花のなかにだしてっ♡　たくさん出して、鏡花の子宮をマーキングしてぇ♡！」

対面座位で、目いっぱいお洒落をした美少女とべっとり舌を絡めながら、愛に溢れた淫語とともに、精液を求められる。

真っ白な長い脚と、いやらしく丸い桃尻が蠢けば、熱い膣にペニスを捕食されるようだった。

練習の成果が出ている。

連日の性交で、互いの性器を気持ち良くさせるコツが分かってきた。樹生好みの淫語もしっかり覚えさせた。鏡花は見事に、樹生好みのセックスをする女として教育されたのだ。

「あっ♡　だして、だしてぇ♡　樹生のせーえきで鏡花の子宮を征服してっ♡！　あ、あたしは樹生のカノジョだからっ♡！　樹生の精子ほしいっ♡！　たくさん子宮に泳がせてぇ！　あ、いくの♡！　うれしっ、ん――――っ♡！」

樹生が射精するタイミングと分かったのか、鏡花が頭をかき抱いてキスをしてくる。舌がぬるりと入ってきた瞬間、樹生は震えながら射精した。

びゅ！　びゅる！　と尿道が裂けそうな勢いで精液が噴き出る。それに合わせて、鏡花は膣を締め、子宮口を擦り付け、射精を補助してくる。

さらに鏡花は、樹生の口腔内で舌を小刻みに、れるれるれると絡め、粘膜のぬるつきを樹生に意識させて性刺激を与えていた。これも射精の快感を高めて、陰茎の拍動を大いに強めた。

女体から至れり尽くせりの射精要求を受け、樹生は頭を真っ白にしながら膣内射精していたのだ。

対面座位で、上下の口とつながりながら、根元まで埋まった肉棒で何度も何度も射精して、鏡花の膣奥に子種汁を塗り込んだのである。

「ぷは……すごかったよ鏡花。これなら総一郎君がその気になったら、逆にこっちの土俵だ」

「そ、そっか……♡　てか樹生も、練習に付き合わされてるのに、殊勝なとこあんじゃんか。今度、アイスくらいおごってやんよ」

この催眠は、常識改変は、本当に恐ろしい。滑稽な感謝にほくそ笑みつつ、樹生は鏡花にもう一度キスをしたのだった。

結局、大量射精を受けた鏡花は総一郎とデートを再開したものの、精液が太ももに垂れてきてしょうがなかったらしく、ナプキンをショーツに仕込んでデートするハメになった。

そして昼食後にも、多目的トイレの鏡の前で立ちバックをする。

水族館のイルカのように――性欲が強く、オスとメスを一緒にするとすぐにセックスしてしまう水棲動物のように交尾したのだ。

その後ももう一度呼び出し、計三発の精液が鏡花の膣に撃ち込まれた。

間抜けヅラの総一郎の隣には、樹生の精液をたっぷり子宮に入れた女が歩いていたのである。

数時間後。樹生は夕陽の差すバス内で料金を精算し、二人の後に付いて歩道へと降りた。

「今日は楽しかった。また、誘っていいか？」

「うん、もちろん！　こっちからも誘うから！」

「それじゃあ、俺はこれから親と親戚との食事会があるんだ。じゃあな」

水族館のある海沿いの郊外からバスで街に戻ると、すぐに解散になった。

樹生は、駅前で手を振る鏡花の後ろ姿を見つめる。

総一郎の姿が改札に消え去ると、樹生は鏡花に近づいて、肩に手を置き、

「デートの続き、『練習』する？」

練習カレシとして、この美少女を骨の髄まで楽しもうとしていたのだ。


「あ――――っ♡！　あ――――っ♡！　すごっ♡！　すきぃ♡！」

一時間後、淫靡なピンクの照明の部屋。

大きなベッドの上で、若い男女が全裸で絡み合っていた。

「鏡花！　デートの終わりのラブホエッチ練習、うまくできてるよ！」

ここはラブホテルだった。

あの後すぐに鏡花を連れ込み、ホテルの入り方から部屋の選び方までしっかり「練習」して、エレベーター内からもどかしく舌を絡め、部屋に入るとすぐ全裸になって

むき出しの性器をぶち込んだのだ。

ずっと正常位で、舌を絡め、そそり立つ乳房を揉み、熱い膣に生殖器をつなげて、本能の赴くままに股間をぶつけ合っていたのだ。

「はぁーっ♡　はぁーっ♡　み、樹生ぉっ♡　すきっ♡　だいすきぃ♡！」

ベチベチ舌を打ち合って、鏡花に何度も好意を叫ばせる。

鏡花と手をつないだ程度で顔を赤らめていた総一郎は、パパママとお食事。

樹生は男らしく、鏡花と汗だくのゴム無しセックスにふけっているのである。

性格の悪い、顔がいいだけの女を、セックスするための空間に連れ込んでひたすらに性器を結合するのは痛快に過ぎた。

もはや樹生は、自分が彼氏であるかのように、何のためらいもなく鏡花の膣を楽しんでしまっているのだ。

ふと、気づくと鏡花の顔に、いつもと違う切迫感があった。

「み、樹生、なんかくる、きちゃ、あ、くるくるっ♡！」

汗にまみれてひどく甘い匂いを放つ鏡花が、急に樹生を抱きしめてきて、

「ああああ――――っ♡♡！」

鏡花の身体が硬直して、膣がぎゅるぎゅると締まった。

樹生にも分かった。これはオーガズムだ。

鏡花は、樹生のペニスで、初めて女になってしまったのだ。

この校内一のパリピ美少女の処女膜を破り、本当の女にしてやったのは、小太りのオタク少年の樹生なのだ。

「あっ♡　ばかやめろっ♡！　まだいってるっ♡！　いってるからぁ♡！」

樹生は調子に乗ってどんどん腰を振る。

「あ――――っ♡！　またいくっ♡！　あ――――っ♡！」

鏡花はまた膣を締めた。何度も締めた。樹生はそのたびに男としての優越感を味わっていた。

「み、樹生ぉ♡　お、おまえも早くイけよぉ♡！　あっ♡　イって♡！　んむ、へぁ……好きだからぁ♡！　あ――っ♡　鏡花に中出ししてぇ♡！」

イジメの加害者である美少女が、絶頂で呼吸を怪しくしながら、舌を伸ばして媚を売ってくる。ほっそりした四肢で抱きついてきて、巨乳を押し当てて、樹生の生殖器に、膣を完全に明け渡している。

だが思ったのだ。

――これははたして復讐なのか？

なぜなら、鏡花の表情はあまりに幸福そうなのだ。

騙されて膣を楽しまれているとはいえ、本人にその自覚はない。

それに、これだけ媚を売られると、復讐心が薄れる瞬間がある。

まるで本物の恋人のような、あるはずのない現実を、情を、錯覚してしまう瞬間を、樹生は自覚していた。

「………」

樹生は左手首を見た。蛇の目の紋様。催眠を発動させる呪いの刺青。

そしてあることを思いついたのだ。

この催眠性交を馴れ合いにしない。

これは紛《まぎ》れもなく、命を奪われたクロスケの復讐なのだ。

だから樹生は、手首を見つめながら、念じた。

この呪いの使い方は、直感的にすべて理解している。

「鏡花、こっち見て」

呆けたようになった鏡花の顔面から、黒い霧が出てきて、手首に戻った。

一瞬のことだった。

そして、なぜか鏡花自身も一瞬で真顔に戻り、目だけを動かして周囲を見回し、樹生を見つめ――

凄まじい悲鳴を上げた。

樹生は構わずに、鏡花をわきの下から抱きしめて、身動きの取れないようにして、正常位で膣を突いていく。

「お、お前っ！　なにしてんの！　ねえ、なにしてんの！」

「ええ？　鏡花から言い出したんじゃないか。セックスの練習したいって」

「い、言った！　確かに言った、ねえなんで！　嘘！　いや――っ！　とにかく離れろよぉ！　ころすぞっ！」

この催眠は、術者である樹生が自由に解くことが可能なのだ。

手首を見れば、片目が黒く潰れていた蛇の瞳が、再び元の白眼に戻っている。

「ああ、鏡花っ、出る！」

「へぁ？　うそ、いや――っ！」

樹生は、拘束正常位で思い切り射精した。もちろん中に出した。

「きゃ――っ！　中で動いてるっ！　は、はなれろ――っ！」

暴れる同級生の肢体を抱きしめて、膣奥にぶりゅぶりゅと吐精していく。

必死の形相の鏡花を見て、これぞ復讐だと、胸のすく気持ちだった。

「ああ、鏡花！　中出しの練習だぞ！　ああ孕めよ！　妊娠しろ！」

「ひどい……！　うっ……樹生のとか、いやぁ……！」

涙を流す加害者の子宮口に子種汁を塗り込むと、痛快さにため息が出た。

だが、この同級生の美少女は、長年樹生をイジメ続けてきたのである。

権力者の娘として、肩で風を切ってきた人生だったのだ。格下の暴挙に黙っていられるはずもなく、

「おまえ……覚えてろよ。ぜったいに『肉』にしてやっから」

鏡花の壮絶な表情に、樹生は生唾を飲んだ。

七海家は大地主兼土建屋として、ヤクザとも関わりが深い。

鏡花の父親にアオリ運転をかました暴走族の少年が、後日、打撲痕だらけで見つかり、病院のベッドの上で時おり痙攣するだけの障碍者になった噂は、有名なものだった。鏡花が誰かを脅す時、決まってこのエピソードを『肉にする』と言い換えて用いるのだ。

「おまえ、もうまともな生活させねーから。クソ豚のくせに——」

樹生はまた手首から黒い光を放った。

手首にある蛇の瞳の片方が、また黒く染まる。

「って、あれ……？　あたし何に怒ってんだったたっけ？」

「どうしたの急に？　ごめん、もうちょっと真面目にやるよ」

「いや、そうじゃなくて……あ、こらばかっ♡　耳舐めるなぁっ♡」

催眠は、自由にかけ直すこともできるのだ。

憎しみを瞬時に忘れて、色っぽい嬌声を放つさまは非常に滑稽だった。

同時に、さきほどの覚醒した鏡花の暴言と脅迫で、これが復讐だと思い出すこともできた。

これは復讐だ。催眠で少女をコントロールして嗜虐《しぎゃく》心を満たす大義が、樹生にはあるのだ。

「あっ♡　すきぃ♡！　ラブホエッチすきぃ♡！　あ――っ♡　ばかばか早くイけよぉっ♡！　あたし何度もイってる♡！　イってるからぁ♡！　み、樹生の中出ししてぇ♡　なかだしっ♡！　あ――っ♡　はやく中にだしてぇ♡！」

すぐに熱を取り戻して、熱愛性交となった。

絶頂し続ける鏡花の膣を楽しみ、男の余裕とともに女に淫語を吐かせ、きつく抱きしめながら、完全に降りきった子宮口に射精する。

「ああ『練習』だ！　鏡花は誰のカノジョなんだ！」

「み、樹生のぉ♡！　鏡花は、樹生のカノジョだからっ♡！」

尿道を拍動させて射精しながら、誰の所有物か確認させる。

「す、すきぃ♡　樹生、好きぃ♡！　あ――っ♡！　出してっ♡　出せよぉ♡！　ぎゅーっとしながら、キスしながら出してぇ♡！」

もはや七海鏡花は陥落した。

だが終わってない。樹生に長年危害を加えてきたのは「四人」だ。クロスケを殺したのは、あの四人なのだ。
　そして蛇の瞳の紋様は、あと一つ余っている。
　樹生の目は、まだまだ復讐に燃えていたのだ。

第三章　汚染される黒髪の美少女

月曜になった。

樹生が昼休みの屋上に駆け上がると、四人の男女がいた。

お馴染みの四人が、屋上のベンチに座って昼食を摂っているのだった。

「か、買ってきたけど」

「おっそーい」

鏡花が、樹生の手からパンの袋を奪い取った。

「とりあえずお代」

手入れの行き届いた黒髪を揺らして、玲奈が樹生の足元に、パンの代金を投げつけてきた。

樹生はいつものように地面の金をつまんで拾い、財布に入れていく。いつものように、玲奈は貧乏人を嗤うような目で見つめてくる。

ところが今日は、視線の数がいつもより少ないのに気づいた。

「樹生、お前もここで食うか？」

鏡花が何気なく声をかけてきた。

屋上のベンチは詰めれば五人は座れる。鏡花が自分の隣にスペースを空けて誘ってきたのだ。

突然の誘いに、樹生はぎょっとする。

しかし、もっと目を見開かせていたのは、他の三人だ。

「お、おい鏡花？　樹生と食事とかねえだろ……？」

「そ、そうよ。どうしたの鏡花？　熱でもあるの？」

リオンと玲奈が目を白黒させていた。

「いや、こいつも案外いいトコあるし、たまにはいいんじゃねーの？」

二人の反応も気にせずに、鏡花が言い返した。周囲の空気を読まないのは、このギャル美少女の特徴でもある。

樹生も驚いてはいたが、多少は情でも移ったのかと冷静に考えていた。

なにせ樹生と鏡花は、いまや毎日のように身体を重ねる仲なのだ。

ちょうど昨日も、午前は鏡花の自宅の離れで全裸の性交にふけり、午後からは鏡花の金でラブホへ、夕方までずっとナマの性器を合わせあっていた。

しかもその行為を「樹生が練習カレシという負担を引き受けてくれている」と鏡花は認識しているのだ。多少の情を与えられても不思議ではない。

催眠を解けば殺意すら覚えかねない行為というのに、仲間扱いをされる皮肉に樹生はとても愉快な気持ちになった。

「……………」

ふと殺気を感じる。総一郎が不機嫌な表情で樹生を睨んでいた。これは鏡花を好きな男による嫉妬に違いない。

「い、いや、申し訳ないから、いいよ」

樹生はすぐさま階段に逃げる。

勧められるままあそこで昼食を摂っても良いことはない。催眠について何か気取られても面倒だ。まだまだ従順な奴隷の顔をしておかないといけない。

急ぎ足で階段を降りていると、教室に戻った樹生のスマホにメッセが来た。

【メッセ　玲奈・樹生】

玲奈『ちょっと訊きたいことがあるの。放課後に体育館裏に集合』

樹生は口元をゆがませる。

そろそろこの女にも復讐してやらなければいけない。

放課後になった。

夕方になると、晩秋の寒さがこたえる時期だ。

樹生が体育館裏で震えながら待っていると、一五分ほど遅れて、玲奈が来た。

夕日を照り返しつつ、見惚《みほ》れるような美しい黒髪がなびいている。

涼し気で、人形のように整っている顔面。長い四肢に細くしなやかな腰、相変わらず制服の上からでもスタイルの良さが分かる。さすがは校内2トップ美少女の一人だ。

「あなた、鏡花と何があったの？」

開口一番で質問だった。どうやらこれがメッセで訊きたかったことらしい。

一瞬、催眠がバレたのかとひやりとしたが、

「べ、別に何もないよ？」

「嘘ね。なにか弱みでも握られない限り、鏡花があなたに親切にするだなんてあり得ない」

さすがに催眠のせいだとは気づいていないようだった。

「よ、弱みなんて握ってないって！　でもあれかな、届け物の手伝いはした気がするかも」

「届け物の手伝い？」

嘘はついていない。精液が中に欲しいというので、何度も何度も膣奥にお届けして

やった。

「はぁ……鏡花も鏡花ね。気まぐれで野良犬にエサをやるのがあの子だから。今回もそれが出ただけか」

どうやら納得してもらえたようだ。

だが玲奈と二人きりになると、それだけでは終わらないことを知っている。

「そういえば、昨日、あなたの父親を見たわ」

「…………」

「契約の確認ミスで休日出勤。社内で課長にペコペコしてた。さすがのパパも怒ってた。あなたの父親、あなたと同じくパンを買ってくるくらいの仕事しかできないのかしら？」

樹生の親は、玲奈の父親の会社に勤めている。

気が小さくオドオドしている、さらに不注意なところもあって、年齢の割に職場ではなかなか上に行けない。

「頭もハゲ散らかして気持ち悪いし、あなたの父親らしいわよね。あなたと一緒、遺伝子が劣等すぎて本当に哀れだと思ってしまうの」

玲奈は、樹生の父親を侮辱するのが好きだった。

樹生と二人きりになれば、こうやって清楚な唇から毒を吐き、嗜虐心を満たすのである。言い返せない樹生が、悔しそうに黙る顔を愉しんでいるのだ。

確かに、最良の父親ではない。

樹生のイジメに気づく余裕もない、日々必死に仕事に行き、夜になれば缶ビール一本で酔いつぶれる情けない父親だ。

だが、その代わりにいつも優しい父親なのだ。

「ふふ、本当に、父親とあなた、二人ともあの汚い蛇みたいに踏みつぶしてあげたいって思ってしまうわ」

今までの恨みをすべて晴らしてやる。

「ああ、玲奈――ッ！」

樹生は左手首をかざした。

瞬間、黒い光が放たれて、消える。

左手首の、蛇の瞳の紋様が、二つとも黒に染まった。

与えられた催眠対象枠は二。二人の女子に使える。この「二つ」という数に意味があるとするならば、クロスケを踏み殺した女二人に使えということなのだ。

「なにその目は？　文句でもあるの？」

玲奈がこちらを睨んできた。

「はぁ……あなたってまだまだ底辺なの自覚してないのね。それなら――」

白い手が、ゆっくりと樹生を指さしてきて、

「――あなたを『練習カレシ』にするわ」

催眠は、完全に決まっていた。

「言っておくけど、断ったら、あなたの父親は来月に無職よ」

「そ、そんな……」

樹生は一応嫌そうなふりをする。

その実、笑いをこらえるのに必死だった。この女は樹生をいたぶることが趣味なので、その習性を利用してやるのだ。

「ありがたいと思いなさい。私とリオンがうまくいくために、あなたを徹底的に搾取してあげる。人間に食べられてしまうのは、家畜の喜びでしょ？」

食べられてしまうのはお前ですが？　と樹生は太ももをつねって噴き出さないようにしていた。

「さあ、もう今日から始めるわよ。覚悟なさい」

樹生は、がっくりと肩を落としたように見せた。

下を向く顔に悪魔の笑みを張り付かせて、この女を徹底的に汚してやろうと思って

いたのだ。

五分後、ここは体育館横のトイレだった。

個室の便器は一応水洗である。なぜ水洗かを強調したかといえば、清掃は行き届いているが、大変に古い便所であるからだ。

古めかしさゆえに、ここで用を足す人間はほとんどいない。皆、近くの校舎内トイレでの排泄を選ぶ。

そんな便所の狭い個室で、樹生と玲奈は向かい合っているのだった。

「練習場所は選ばせてあげると言ったけど、ここ？」

「そ、そうだよ。だって練習でしょ？　リオンくん、いきなりどこで犯してくるか分からないよ？」

「ちょっと失礼じゃない？　私がリオンに好意があると知っての暴言？」

樹生の悪意をぶつけてやるために便所を選んだのだが、作った理由が雑すぎて玲奈の導火線に火が付いてしまったようだ。

「い、いやでも！　リオンくんは喧嘩も強くて荒々しいとこもあるでしょ？　玲奈に告白されたら、場所も選ばずにすぐ襲ってくる可能性だって絶対にゼロではないでしょ？　それを『練習』しようってことなんだけど」

「それは、絶対にゼロとは、いえないかもしれないけど……ま、まあ突然のことながら受け入れてしまうとは思うけど」

常識改変は完璧だった。しかも鏡花との日々があるので、どこまで非常識を押し込めるか理解し、最初からかなり攻めることができている。

「れ、玲奈も、リオンくんがどこで迫ってきても慌てない練習が必要とは思わないの？」

「それはそうだけど……でも場所くらい選ばせるわ。トイレでなんてさせない。リオンだって獣ではないのだもの。場所を選ぶ時間くらいは待てるでしょう？」

なかなか論理的な防御力が高い。鏡花のようにスムーズにいかない。

だが樹生と玲奈には圧倒的な差がある。催眠以外にも、樹生は異性と何度もセックスした経験者で、対する玲奈は処女なのだ。

「玲奈は分かってないなあ。男の興奮なんてタイミングを逃したら萎えちゃうよ？それこそ一時間もいらない。数分で萎える。それまでに次の場所を探す気？」

「そ、そんな簡単に萎えたりしないでしょ？」

「なんでそう思うの？　玲奈ってリオン君以外の男と付き合ったことあるの？」

「そ、それは……！」

「雑誌の記事とかにもたまにあるじゃん。男ってコンドームをつけ替える数十秒で萎えちゃうことだってある。ましてや他の場所を探す？　リオン君、興ざめで帰っちゃうかもね」

「そ、そんなこと……！　でも、トイレでだなんて……！」

抵抗が強い。やはり汚いトイレで処女を失うなど、お上品なお嬢様には受け入れがたいのかもしれない。

だが樹生としても、別にトイレに執着しているわけではなかった。

「まあ……簡単な『練習』がいいなら、他のとこにするけど……」

妥協してみる。しかしその時、玲奈の眉がぴくりと動いた気がした。

「……もしかして舐めてるの？」

玲奈の顔に苛立《いらだ》ちの気配が浮かんだ。

これは、という反応だ。突破口を見つけた気持ちで樹生は仕掛けてみる。

「だって玲奈は簡単な練習がいいんでしょ？　難しいことは避けたいんでしょ？　いいんじゃない別に完璧じゃなくても。リオン君に振られる可能性もさすがに全部は潰さなくていいよね。妥協も大事だよ」

「……私を誰だと思ってるの？　舐めすぎよ。分かったわここでいい。やってやろうじゃないの」

最高に滑稽な感じで乗ってきた。やはりこの優等生には、プライドを刺激してやるのが一番いいようだった。

樹生は覚悟を決める。この高慢ちきなお嬢様に、誰かの部屋ですらなく、この汚いトイレで処女喪失を迎えさせる。尊厳を最悪に汚してやる。

「じゃあ始めようか。リオンくんが、いきなり襲ってきた設定で」

樹生は玲奈の身体をおそるおそる、ゆっくりと抱きしめた。

拒絶がない。今まで指一本触れられなかった清楚な女の身体を抱きしめていることに、拒否されないことに、樹生は驚きつつ、玲奈の顔を見つめる。

相変わらずの美顔だ。

切れ長の目に、白磁《はくじ》のような肌、鼻も高く、ひとつひとつが恐ろしく整っている。近づけば、長い髪から柑橘のような甘い匂いがした。

「んむっ……ん……！」

樹生は清楚な唇にかぶりついた。

舌を突っ込むと、甘い液体を味蕾《みらい》に感じたので夢中になって舐める。

「ちょっと……んむ……いきなり……あむ……」

「リオンくんはもっと激しくキスしてくるかもよ？　僕より弱いとかある？　リオンくんの情熱に応えないと嫌われるかもよ」

催眠女を煽ると、舌を伸ばしてきた。

学内一に清楚でクールな、モデルのような美少女と舌を舐め合う。

鏡花よりも心持ち長く絡みやすい舌粘膜を、ぬるぬる味わいしゃぶってやる。性行為の予感が高まりつつ、粘膜の甘い刺激がたまらない。

いつも陰湿に罵ってくる女の口内聖域を、底辺の小太り男が、唾液を流し込みながら蹂躙しているのである。

「ちょ……触……えあ……む……えむ……♡」

細身でしなやかな身体を抱きしめながら、盛り上げていく。

尻を掴むといやらしい弾力が手のひらに返ってきた。スカートの中に手を入れて太ももを撫でると、滑らかで吸い付くような肌だった。

脚と尻。この黒ニーソに包まれた嘘のように長い脚と、小ぶりながらくいっと天に向かって張ったヒップは、全校男子の憧れだった。

良質なDNAを誇示するような肢体を、短足の劣等遺伝子な樹生が好き放題に触っている。もちろんこれから性交する前提の愛撫なのだ。

「ああ、玲奈……！　これから僕と交尾するんだぞ」

「んむ……すごく、気持ち悪い、最悪……」

「これ練習だよ？　なんでリオンくんだと思ってできないの？」

「そ、そういえば……へむ……そうだったわ……ん、リオン……キス激しい」

清楚な顔が下品に舌を突き出して、上下させ、回転させる。

樹生もそれに合わせて、舌を合わせる。わざと汚い水音を立てる。唇を完全に密着して塞いで、中で舌を暴れさせる。互いの舌でオイルまみれのレスリングをするように絡め合った。

唾液が甘い。金持ちお嬢様の粘膜を徹底的に汚したくなった樹生は、唾液をどんどん送り込んで飲ませてやった。互いの呼吸音に混じって、白い喉が嚥下していく音が聞こえる。

「ああ、玲奈。ここに座って腰振ってよ。リオンくんとやると想像してさ」

「んむ……わかった……む」

互いに抱き合ってディープキスしたまま、樹生は用を足すがごとくズボンとパンツを脱いで、乾いた便座に座った。

すると玲奈が樹生の股間に座ってきた。屹立したペニスに、太ももの付け根とショーツ越しの秘所が触れている。もはや互いの性器を隔てるのは、柔らかい布一枚だけだ。

「ほら、玲奈。エッチに腰振ってみて？」

「り、りおん……んむっ♡　へあ……りおん♡」

初めてなので、想い人の名前のまま進行させてやる。樹生の名前を呼ばせるのはもう少し後で良い。最初は常識改変で練習している滑稽な姿を楽しむのが良いのだ。

それにしても素股されるように擦れるペニスが気持ちいい。ショーツ一枚隔てた肉唇の柔らかさがたまらない。太ももが触れる感覚も、最上級の絹のように滑らかで気持ちいい。

樹生はディープキスしたまま、玲奈の股間に肉棒を擦りまくった。

「んっ♡　んむっ♡　ちょ……あっ♡　んむ……♡」

ショーツの股間に、陰茎全体を這わせてじっとりと、はたまた玲奈を少し立たせて亀頭を秘所に突き立てる。結合の予感とともに、玲奈の股間を守る布地に先走り汁を染み込ませていく。

最高だった。そろそろこの顔とスタイルだけは良い、邪悪な女の処女を奪ってやりたい。

「玲奈、立って。ドアに手ついて」

「こ、こう？　……きゃ！」

玲奈が後ろを向いた瞬間、ドアに押し付けるようにしてやった。

背中まである校内一美しい黒髪に鼻を突っ込んで、爽やかな甘い匂いを嗅ぐと睾丸がびくつく。ブラウスに手を入れて乱暴にブラの下まで潜らせると、思ったよりも手ごたえのある美巨乳にさらに興奮してくる。

もちろん反り返った剛直で、ショーツの秘所を小刻みに突きまくる。ショーツがあるのを忘れた獣のように、もどかしさを感じながら交尾をしてやる。

「ああ、玲奈！　これから便所交尾だ！　お前は便所交尾で処女を失うんだ！」

「も、もうなに興奮してるのっ♡？　場所は不本意だけどっ、あなたは練習カレシなのよ？　レベルアップのために使われちゃうのにっ♡　ふふっ、すごく馬鹿っぽくていいわっ♡」

この期に及んでこちらを侮辱してきて腹が立った。

なので、樹生は玲奈のショーツをずらし、特に前戯なども考えずに——

いきなりペニスを突き込んだ。

「痛っ————————！」

玲奈が下腹から変な声を出した。一瞬絶叫し、ここが公共の空間であることを思い出し、飲み込んだのだ。

とうとうこの邪悪な女の膣に入り込んだ達成感に、樹生はため息をついた。

とりあえずは状況確認をしてみる。

膣の入り口は、意外に濡れて柔らかくはなっていた。さらに肉棒を進めると、どうやらここが処女膜らしい。引っ掛かりがあって、そこから進めようとすると、玲奈が身体を固くして、脚を内股にして小刻みにぷるぷる震える。

「ちょ……痛っ……いきなり入れるとか……ん……おかしいでしょ？」

「え？　リオンくんもいきなりかもよ？　リオンくんって僕よりナヨナヨしたセックスする人なのかなあ？」

「そんなはず、ないけど……ん……コレ、すごく、痛いわ……！」

「え？　ゆっくりする？　玲奈って意外に痛みに弱いんだね。練習でこれだと、本番はもっと厳しいと思うけど、手加減してあげよっか？」

煽ってやる。下位の練習相手に侮られている状況を作ってやる。そうすれば必ず言い出すはずなのだ。

「馬鹿言いなさい。一気に……来なさいよ」

やはりそう答えた。なので、樹生は玲奈の腰をしっかりと掴み、

「いた――――――いっ！　……んンっ！」

一瞬大声が出て、根性で声をくぐもらせたようだ。

膣内では、ぶつっ、と何かを破る感覚がした後、濡れた狭い肉壁をペニスが滑っていって奥まで到着した。

玲奈の膣が複雑に動いて、初めての侵入者に吸い付いてくる。尿道口も、亀頭にもフィットして、非常に一体感の強い膣だった。

鏡花の膣は、本人の性格に似て元気に力いっぱい絡んでくる膣だったが、玲奈の膣

も己が性格を反映したように、まるで意思を持ったかのように的確に肉棒の凹凸にフィットして締め上げてくるような膣だった。

「ああ、玲奈！　僕とつながっちゃった！　マ○コ征服したから！」

さんざん見下してきた美人の処女を奪った。厚い処女膜を破って、一生消えない跡をつけた。聖域の最奥に、初めての先走り汁を垂れ流してマーキングしているのは樹生なのだ。

「わ、わかったから……それより……痛い」

清楚な美少女が痛みに震える姿も、樹生の復讐心をいたく満たしたのだが、これでは性交にならないので、少しは気を遣うことにした。

「分かった。痛みが引くまでは動かないよ」

「うん……ありがと」

破瓜の血が、ぽたりと、便所の床に垂れた気がした。

処女を最悪に汚い場所で奪ってやったのに、気を遣ったと感謝されてしまい笑いそうになる樹生だが、黒髪に鼻をうずめてごまかすことにする。

「そうだ玲奈。痛みが落ち着くまでキスしようよ。リオンくんもしてくれると思うよ。荒々しいけど、優しいとこはあるから」

「そ、そうね……ちょ、んむ♡　んぐ……へぁ♡　あむ……へぁ♡」

立ちバックで貫いた姿のまま、玲奈に首だけ後ろに向けさせて舌を絡める。

上の口も下の口もナマでつながっている実感に、先走り汁がどろりと膣奥に染みていった気がした。

「玲奈ぁ……僕で練習しといてよかったね。こんなに痛がってたらリオンくんに嫌われちゃってたかもよ」

「それは……そうかも、んむ♡　えあ……♡」

「慣れたら最初からリオンくんと気持ち良くセックスできるよ。リオンくんも大興奮で玲奈としたがると思うよ」

「やっ♡　それは、すてき……興奮してしまう」

リオンを思い出したせいなのか、膣が柔らかく濡れて、甘いキツさで吸い付いてきた。なんとなく鏡花よりも早く湿り気を帯びた気もした。処女膜こそ厚く抵抗感があったが、それとは裏腹に濡れやすい膣なのかもしれない。

気取った清楚な美少女なのに感じやすいというギャップに興奮する。荒々しく性交したくなる衝動を抑えて、樹生はゆっくりと腰を動かし始めた。

「んっ♡　ゆっくり……！」

じっとりとペニスを抽送すると、膣が痛みに痙攣しながら、性器の侵入にさらに濡れて吸い付いてくる。

痛みと性刺激と、両方の反応での粘膜の締まり。恐らく処女の性器でないと味わえない、今この時しか経験できない膣反応に、樹生の征服欲が刺激される。

「んっ♡　いた……ん♡　んっ！」

疼痛によるものと、性感によるものと、声が交互に出てくる。

樹生はといえば、この冷酷な美少女を制圧し、痛めつけている感覚に嗜虐心を満たしていた。同時に、初貫通の固さをほぐしながら、亀頭に絡む膣に痺れてもいた。うなじから香る甘い柑橘の匂いを嗅ぎながら、暴君として君臨してきた美人の性器とつながる。最高の気分だった。本来なら手すら触れられない異性に、ＤＮＡを混ぜてしまう予感に、睾丸が何度もびくついてしまう。

「ああ、玲奈。ナマエッチ気持ちいい？　リオンくんもナマ好きかもよ？」

「んっ♡　さすがに、ゴムはリオンでもつけさせるけどっ」

ここは理性的な女らしい判断だった。

しかし玲奈にとってこれは『練習』なので、樹生にはゴム無しナマセックスを許してしまうのである。常識改変は本当に恐ろしい。

「玲奈のマ〇コ、ちゅうちゅう吸い付いて気持ちいいよ」

「んっ♡　気持ち悪いっ♡　黙ってできないの？」

鏡花をナマで犯したので玲奈もナマ、という樹生の単純な考えだったが、それ以外にも、処女を奪うのならむき出しの性器で奪ってやる気でいた。

もちろん処女貫通した膣は、自分の白濁汁で汚す気でいたのだ。

「ああ、玲奈、もう出そうだ」

「んっ♡　早く終わって……！」

樹生は膣奥に亀頭を密着させ、小刻みに動かし始めた。

「玲奈、これ男が射精前にする動きだから！　しっかり覚えて！」

「わ、わかった♡　はやく、はやく――」

肉棒を狭い膣に包まれながら、さっきまで処女だった女に、男の射精行動を記憶させようとする。樹生は玲奈のあらゆる性的経験において、初めての、基準や原器になろうとしていたのだ。

股間が痺れてきた。とうとうこの冷酷な女に種付けできる。樹生は忘我の境地になりかけながら腰を振っていたのだが、

「あーあ、今日の放課後は玲奈もいねーし、メッセも既読つかねーし」

突然の声に、樹生と玲奈は二人で固まった。

「リオン、お前、それは電子タバコか……。俺を共犯にするなよ」

「これか？　見た目はお茶の紙パックだからばれねえって」

途中から声で分かった。なんとトイレに来たのはリオンと総一郎だった。

会話からすると、リオンがタバコを吸いにトイレに来たということだ。もちろん喫煙は校則違反であり法律違反でもあるが……

「それによ、吸ってるのがセンコーに見つかっても、俺だとお咎《とが》めねえし」

「ふん、教師もみんな議員の息子には勝てんからな」

「俺だって注意できねえセンコーどもの顔を立ててえからさ、誰もいないところで吸ってるわけだしよ」

リオンの父親は政治家だった。祖父の代から何十年も当選し続けている名門一家。しかもこの街を根城《ねじろ》に、教育関係にも深く根を張っている。ゆえにリオンの多少の悪さも、教師たちは見逃してしまうのだ。

「……リオン……帰って♡」

それはそうと立ちバックで乳を握り締めている樹生の手に伝わる、玲奈の胸の鼓動が速まっている。

常識改変によって、淫行現場を暴かれる恐怖よりは、美容整形の現場に来てしまった想い人への恐怖が近い感覚なのだろうが、ともかく玲奈が緊張で息を飲んでいた。

膣がきゅっと締まり、樹生の先走り汁が絞られる。

玲奈の膣は男の尿道を絞るような動きをする。これは絶頂時に気持ち良い締め付けが待っていそうだと生唾を飲みつつ、樹生はゆっくり腰を動かしていった。

「な、にしてるの……♡　リオンが行くまで、まって……」

玲奈が小声で必死に訴えてくるが、樹生は射精直前でクールダウンした肉棒をまた燃え上がらせていくばかりだった。

髪の匂いを嗅ぎながら、服の下に手を突っ込んでナマ乳を揉み、膣に根元まで沈めたペニスで小刻みに膣奥を突いていく。

「……♡！　……♡！　こえ……でるっ……♡！」

玲奈はリオンが好きで、リオンも玲奈が好きなのだった。

あの直接的な暴力をふるってくるヤンキーの想い人。その膣をこんなにも近くで楽しんでいる優越感に息が苦しくなる。

「リオン、そういえばお前、最近、玲奈と放課後に二人で遊んでるらしいな」

「まあな。お前に勇気もらったよ」

総一郎の水族館デートに勇気づけられてリオンも踏み出したところらしい。

危なかった。もう少し遅ければ、告白されていたかもしれない。ただ現実は、樹生が玲奈の処女をいただいてしまったのである。

「……♡？」

当の玲奈は、これがリオンによる恋心の表明と気づいていないようだった。放課後デートもたまたま想い人が誘ってくれたという認識の可能性が高い。

しかし、また大きくため息の音が聞こえて、

「あーあ、今日の玲奈も可愛かったなー」

リオンが呑気に言った。

「へ……♡？」

楚々とした唇から、呆けたような声が出たその瞬間、玲奈の膣がきゅぅーっと樹生の肉棒に吸い付いた。

ペニスの根元を締め、陰茎をしごき上げ、子宮口では尿道口にぴたりと吸い付いてくる、最高の締まり方だ。

あまりに都合の良い膣の締まりに、樹生は、

「あっ、玲奈……出るぅ……ンっ……！」

甘い匂いのする耳元で、囁きながら、射精したのだった。

黒髪の制服美少女を抱きしめ、立ちバックで深くつながりながら、ペニスが狂ったように拍動する。

吸い付く膣の、徹底的な補助を受けながら、尿道が裂けそうな勢いで白濁が噴出される。びしゅぶびゅ！　と耳奥に濁った音が聞こえるほどだ。

「ちょ♡　……っ！　……っ♡！」

玲奈も身体を硬くした。膣も一段と締まり、樹生は細身の身体を抱きしめながら、

小刻みに痙攣しつつ射精を続けた。

「でさー、玲奈がゲーセンでさー」

リオンが嬉しそうに玲奈とのデートを語る。

「だめ……っ♡　んっ……うごいてる……んっ……♡」

憎き男の間近で、その想い人に自分の遺伝子汁を垂れ流してやると、原始的な勝者の喜びが満ちてくる。

デート話で喜んでいる間抜け男の近くで、樹生はオスとしての本懐を遂げている。全校男子が憧れる美人にナマの性器を結合させて、熱い膣に包まれながら、子宮口へしたたかに精を放っているのである。

「んっ……♡　リオン……んっ♡」

玲奈が想い人の名を口にしながら、膣を締めるたび、樹生の精液が膣奥に塗りたくられていく。樹生も黒髪に鼻を突っ込んで甘い匂いを堪能しながら、ひたすらに股間を痺れさせていた。

「じゃ、今日は一人で帰るかなー」

「そうだな。気をつけて帰れよ」

リオンと総一郎の二人が便所から出ていく。

一方の樹生は、構わずにまだ射精していた。玲奈のモデル美肢体をトイレの壁に押し付けながら、まだ睾丸を断続的に跳ねさせていたのである。

「はぁっ、はぁっ……リオンくん、玲奈のこと悪くは思ってないみたいだね」

「それは、んっ♡　そうなのかも……うれしい」

喜びに玲奈も膣を跳ねさせた。クールで気難しい性格のくせに、膣だけは素直な美少女に、樹生は笑いそうになる。

「それじゃあ、もっと『練習』して、チャンスを確実にしていこうよ」

「ええ、そうしたいけど……」

「じゃあさ、これから玲奈の家とかどう？」

もちろん、この性悪女の処女膣に一度出して終わりなど、あり得ないのだ。


晩秋ゆえに日が落ちるのが早い。

樹生は、処女貫通直後のせいか、やや内股気味の玲奈に付いていく。校舎裏から出た後に一緒にタクシーに乗る。

タクシーで一〇分の距離に、清水玲奈の家があった。

いわゆる山の上の豪邸だ。閑静な高級住宅街を一段高くから見下ろすようにその邸宅はあった。

「い、家、玲奈一人なの？」

「そうよ。両親とも各地の会社を転々としてて、昨日から九州の支社へ行ったわ。家の管理は隔日の九時五時でメイドが来てて、今日はもういない時間ね」

清水玲奈の親は、中堅ホテルグループの経営者だった。

ともかく打診の結果、この家には何日も玲奈しかいないと判明した。樹生はとても楽しそうなことを思いついたのだ。

「ねえ、玲奈、お泊まりの『練習』ってしておく？」

「お泊まり？」

「親御さんが不在がちなのが分かると、リオンくんも泊まりたがるんじゃないかなって思った」

「そ、そんな……いつかはあるかもしれないけど」

「それが付き合ってすぐのことだったら？　練習無しのせいで慌てちゃって、リオンくんに嫌われてもいいの？」

「ああ……もう。でも確かにそれは必要なことよ。私の準備は、すべて完璧なところをリオンに見せてあげないと」

素晴らしいちょろさである。やはりこの催眠は恐ろしすぎた。

幸い、今日は樹生の家にも親はいない。玲奈の親とは違って、下っ端ゆえの面倒な出張を押し付けられがちな二人なのだ。

「それじゃあ『練習』しよっか。すごくエッチなお泊まりデートの練習」

「……なんで触ったの？　調子に乗らないで」

セクハラ中年のようなことを囁いて尻を触ると、さすがに気持ち悪かったのか玲奈が目を細めた。

「こ、これも『練習』だよ。リオン君も興奮したらセクハラ気味に触っちゃうことだって、絶対ないとはいえないでしょ？」

「それは……まあいいわ。とりあえず家に上がりましょうか」

何とか難を逃れた。催眠女は、催眠を切り離せば樹生への好感度ゼロの冷酷女であるので注意しないといけない。

ただし、このいじめ女は、今夜一晩中、いじめっ子にお泊まりで膣をむさぼられてしまう予定なのだが。

「入って」

玄関に入り、大理石のホールを抜けて階段を上がる。

上がってすぐの部屋のドアを開けると、そこが玲奈の自室だった。

甘い石鹸の匂いがする部屋だ。家具もどことなくピンクの配色が多い。クールな顔をして意外に女子女子している。

「れ、玲奈っ！」

樹生は、この高慢ちき女のプライベートに侵入した感動に、すぐさまベッドへ押し倒してしまった。

「もう、気が早すぎじゃないの？　んっ♡」

「り、リオンくんはここでためらうほど奥手じゃないと思うよ」

「それもそうかも……んむ、ん♡」

ホテルのようにぴしっと伸びた布団の上、二人絡み合ってしわを作っていく。

制服のまま抱きしめ合ってキスをしながら、ニーソの美脚を広げてショーツに股間を擦りつける。

だが制服での前戯はさっきもしたのだ。

「玲奈、服脱ごうか」

「そうね、制服、しわ付いちゃうから……」

提案すると、玲奈もうなずいた。

互いに自分で服を脱ぐことにする。樹生は後ろを向いて脱ぎ、背後の衣擦れの音に耳を澄ませて、音がなくなるのを待って、振り返ると、

「すごい……」

純白の裸体に、樹生はため息をついた。

手足の長い、しなやかな純白のボディには、しっかりとした重量感で、誇らしげに

美乳が張っている。ギャル美少女の鏡花の巨乳と比べると、あちらは思わず顔を埋めてしまいたくなる淫靡さがあったが、玲奈の胸はつい握り締めたくなる造形美があった。

それにやはり背中から脚にかけてのラインだ。細い身体のS曲線は、モデルの洗練された美しさもあったし、骨盤がきゅっと上に向いて、動物的な、オスを交尾に誘うようないやらしさもあった。これも鏡花の健康的な桃尻とは違う、芸術性と、本能を刺激する淫らさを兼ね備えたような下半身だ。

脱がすといつも以上だ。玲奈の裸を見ただけで、睾丸が跳ねてしまった。

「ああ、玲奈！」

「ちょっと……んむ、んむぅ♡」

たまらず抱きつくと、白絹のような肌の熱さに、ひどく興奮してしまった。

そのまま裸で抱き合ってキスをする。

甘い匂いのする肌は、ひたすらに滑らかで、さらさら吸い付くようで、全裸で触れ合うと皮膚でセックスしている気分にもなる。

さっき着衣で性交したことが申し訳なくなるくらいの、極上の素肌だ。他に誰もいない部屋でこの肌を独占していると、最高の優越感が湧いてくる。

「ああ玲奈！　すごく興奮する……！　リオン君も喜ぶよ！」

「お、落ち着いて……んむ♡　でも……リオンもこうなのかな♡？」

四肢を絡めながら、再びベッドに倒れ込む。

晩秋の寒さでひんやりしていたシーツが温まってくるのを感じながら、黒髪のモデル美少女と舌を絡めて、素肌を擦り合わせて、性交の期待を高めていく。

もう挿入したくなった。それに玲奈の肉唇に水気がある。そういえば一時間前に中出ししたばかりなのだ。

汚い便所で処女を奪ってやった、残酷な感情がよみがえってくる。

樹生は、また面白いことを考え付いた。

「玲奈、脚広げておねだりしてよ」

樹生は、黒髪の美少女に、清楚な令嬢に、はしたなく大開脚してのおねだりを要求してみた。

「嫌ですけど？　それに、なんでスマホ向けてるの？」

「リオンくん、ヤンキーぽいしぜったいにハメ撮りもすると思うよ。スマホに記録しながら、玲奈の可愛いおねだり見たいんじゃないかな？　もしかしてリオンくんが見たがってても、今みたいに拒否するの？」

「それは……分かったわ。する」

樹生は笑いをこらえるのに必死だった。

そして樹生は、全裸の黒髪美少女とキスしながら、手順を教え、セリフも教え、スマホを覗いて、録画のボタンを押して、待ち構えるのだった。

長く真っ白な脚が、ゆっくりと開かれる。

涼し気な顔から胸までを真っ赤に染めて、唇が開いて息が吸い込まれ、

「れ……玲奈の中に、挿《い》れて……ください」

清楚なお嬢様が、長い脚をぱっくり開いて、ピンクの肉唇を大開帳した。

「が、がまんできない、えっちな玲奈を……いっぱい見てください」

白すぎる内腿のさらに内側、湿り気を帯びたピンクはぴっちり閉じていて、貝の工芸品のような、美しい形をしていた。

「も、もう玲奈は、ほしいからっ……あなたのペニスが、ほしくて、中に出してもらいたいから……っ♡」

顔を真っ赤にしながらつぶやいている。

一部始終、しっかりスマホに撮ってやった。

クールな冷酷女の赤面のギャップ、そして一文字の肉唇から、さっき便所で出した精液が呼吸とともに顔を出すのが見えれば、性欲と征服欲に一気に火が付いてしまう。

「ああ、玲奈！」

「あ――っ♡！」

樹生はたまらず近づいて、肉唇に亀頭をずどんと埋めた。

「ああ、玲奈！　練習！　練習練習練習！」

訳の分からないことを叫びながら、艶ピンクの肉唇に自身を飲み込ませていく。それをスマホに撮る。ナマ挿入の決定的瞬間として、記録を残してやる。

「あ♡　入ってくる♡　んっ♡　ん……ああぁ――っ♡！」

最後はにゅるーっと勢いよく滑って、奥まで結合した。熱々の狭い肉壁が、ペニスに吸い付いてくる。

肉棒を根元まで埋め、玲奈の肢体にすがりつくようにして、四肢を絡める。

抱きしめたまま、樹生はため息をついた。

極上肌がさらさら吸い付くのを全身に感じつつ、さらには熱い膣へと自身の敏感な部位をつなげると、睾丸が溶けそうなほどの幸福感に包まれる。

「玲奈……っ！　痛くない？　大丈夫？」

「な、慣れてきたけどっ♡　もうすこしゆっくりっ♡」

要求通り、樹生は玲奈の身体をじっくり味わうことにした。

ナマの肉棒で膣のひだを一枚一枚探るようにして形を記憶してやる。柔らかくそそり立つ美乳を舐め上げ、乳首をしゃぶり、甘い匂いの強い首筋や耳に、唾液を塗り込んでやる。

「玲奈、口開けて唾液飲んで」

「わ、わかっひゃ……んむ♡　んっ♡」

　もちろん口腔での体液交換も忘れない。唾液をどろーっと垂らして上品な口で嚥下させてやる。その後は、舌を突っ込んで、玲奈の口内で狂ったようにぬるぬると暴れさせてやる。

　金持ちのお嬢様を、全裸の大股開きにさせてナマで貫きながら、密着し、舌はべとべとに打ち付け合う。この女体を完璧に征服してやった事実に、樹生はめまいがしそうなほど興奮していた。

「ねえ玲奈……！　僕たち部屋で二人きりで、すっごくエッチなセックスしちゃってるよ？」

「んむぅ♡　きもちわるっ……♡　これ練習よ♡？」

「ああ、玲奈とナマでするの、最高に気持ちいいよ。リオンくんも喜ぶよ」

「だから、リオンでも……んむぅ♡　結婚するまで、ゴムはつけさせる……わ、えむっ♡　んむっ♡」

　潔癖な女の膣を征服している事実に、再度の感動を覚える。樹生は、この女の将来の夫にしか許されない聖域を、ナマで汚しているのだ。

「じゃあ将来の練習だね！　中出し、おねだりしてよ」

「いやよ……♡！　はしたない……♡！」

「他の子はともかく、玲奈は結婚までナマでさせないんでしょ？　じゃあなおさら、結婚するまでに中出しおねだりの『練習』しておかないと」

「も、もお……っ♡！　それも練習♡？」

「玲奈が妥協するなら別にいいんじゃないの？」

こう煽ってやれば、退《しりぞ》けないことを樹生は知っているのだ。

「わ、分かったわよっ……♡！　するわっ♡！」

この女は、やるしかないのだ。

樹生は思い出したようにディープキスをしながら、玲奈へおねだりのセリフを仕込んでいく。

樹生の好きなセリフを覚え込ませていく。もし将来リオンとするとしても、玲奈の口から出てくるのは樹生の爪痕という勝利の感覚に痺れながら、玲奈に男の絶頂を誘うセリフを覚え込ませていく。

「覚えたね？　それじゃあ僕もイきそうだからたくさん言って？　あと男がイってる最中は、舌を入れて小さくレロレロ舐めるんだよ？」

指示を細かく、樹生の趣味と性癖を教え込んでいく。

玲奈は、素直に樹生の指示に従った。

長い脚で樹生の尻をホールドしてくる。四肢できつく抱きしめて、樹生の肉棒を自ら最奥に固定して、

「れ、玲奈の中に、だして、くださいっ♡」

樹生を徹底的にいじめ抜いた、樹生の愛する両親を見下してきた、顔とスタイルだけは極上の女による、射精懇願が始まった。

「れ、玲奈はえっちだからっ、あなたの精液ほしいのっ♡！　あ——っ♡　玲奈の一番奥にびゅーびゅー出してぇ♡！」

「す、好きだからっ♡！　好きな人の精液だからっ♡！　子宮の中までたっぷり出してほしいのっ♡！　玲奈の子宮を、あなた色に染めて欲しいっ♡！」

「んっ♡！　な、中に出すのはっ♡！　あぶなくてっ♡　妊娠しちゃうかもしれないってじゅぎょうで教わったけどっ♡！　あなたならいいからっ♡　あ——っ♡！　出して出してぇ♡！　じゅせいさせてぇ♡！」

黒髪の美少女、それもモデル体型で優等生の、いかにもＤＮＡが優れた女体にホールドされながら射精を懇願される。

あまりに動物的な幸福を刺激する出来事に、樹生の睾丸は跳ね、ペニスの根元が膨れ、

「ああ出る！　舌！」

「は、はいぃ！」

指示と同時に、玲奈が樹生の頭をかき抱いてくる。口内に甘い舌が入ってきた瞬間、樹生は射精した。

「────っ♡！　────っ♡！」

長い脚でホールドされ、きつく抱き合い、熱く滑らかな肌と全身で密着しながら、びゅるびゅると膣奥に炸裂させていく。

お互いに肉の球になって、身体を跳ねさせての、体液交換だった。

優秀なメスに全身で求められながら遺伝子を受け渡す快楽刺激に、樹生は腰を小刻みに動かして、できるだけ膣奥に、できるだけ陰茎を刺激して精液を出すことしか考えられなくなる。

一方の玲奈も、樹生の口内でチロチロと舌を絡めて、射精を刺激していた。

膣肉も、亀頭を吸い、陰茎をしごき上げ、度を越えた性的運動で樹生の精液を絞り取ってくる。

頭が真っ白になる、最高の膣内射精だった。

「ぷはっ！　ああ玲奈！　お前、僕のモノだぞ！」

思わず樹生は、唇を離して、玲奈の耳元で叫んだ。

「んっ♡　私は、リオンの……♡」

「練習だから、僕のセリフはリオンのセリフだ！」

「わ、わかったぁ……♡」

「玲奈はおれのモノっ！　ああ、おれの精子で孕めよっ！　オラぁっ！」

乱暴な、まるでリオンのような口調で叫びながら、大開脚した黒髪美少女へとまだまだ種付け汁を流し込んでやる。

樹生の中の野蛮のボルテージが上がっていく。

だから樹生はまだ射精も終わり切っていないのに、「気になっていたこと」を訊いてみることにしたのだ。

「玲奈、そういえばさ」

樹生は、自分の左手首を触りながら——


催眠を解除したのである。


「そういえばさ——便所で処女失った時の気持ち、どうだった？」

訊いた瞬間、玲奈がすべての動きを止めた。

熱い肌が一気に冷たくなる。そして脂汗がどっと浮かんで、むせるような匂いを放った。

「み、樹生……あなた、なんで？」

この催眠をかけても、記憶を失うわけではない。

過去の玲奈は、催眠に従ってだが、合理的に動いていたはずなのだ。

だが催眠を解かれた今となっては、ただ嫌悪する格下男に、汚い場所で処女を散らされてしまった事実だけが、感覚として残っていて、

「なにしたの……？　あなた……絶対に殺すから」

ぽろぽろと涙を流した。

冷酷な女の流す涙に、クロスケを殺害した女の悲痛な顔に、樹生は胸のすく想いでいた。

「え？　どうしたの？　中出し気持ち良かった？」

「ああ、性器を切り落としてやる。この下種男――」

左手首から黒い光を放った。

もちろん、再度の催眠である。

「……あれ？　私、どうしたのかしら。たかが『練習』に取り乱して」

再度の常識改変。秒で一転だった。玲奈が先ほどと同じ、練習を優先する価値観に変じたのである。

「玲奈、本当にどうしたの？　そうだ、お腹空いてるんじゃない？　夕飯どうしよっ

か？」

「メイドがいつも何品か作り置きしてくれてるから、温めるだけよ。コンビニまで遠いし、あなたも食べていいわ」

「そっか、ありがとう」

殺意が一瞬で、同じ釜の飯を勧める態度まで転じたことに、樹生はさすがに笑いをこぼすしかなかった。


広間のテーブルで、温めたシチューやパンを食べる。

皿は明日の午前にメイドが片付けてくれるらしく、食べ終わるとそこそこに、樹生は玲奈を組み伏せた。

玲奈の自室で、ベッドの上で、しっぽりと絡み合ったのである。

「あ――っ♡！　これは、だめよっ♡　はしたないっ♡！」

「バックでするなんて普通だよ！　練習！」

脚を広げさせて、後背位でつながる。長い脚を限界まで開脚させると、子宮口が近くなって、一層亀頭に吸い付いてきた。

「はぁーっ♡　れ、玲奈に、中出ししてぇ♡！」

「玲奈！　さっきも言っただろ！　バックの時は種付けって言え！」

「やっ♡　はずかしいっ♡！　んっ♡　たねつけっ……玲奈に種付けしてぇ♡！　交尾きもちいいからっ♡！　こうびで、受精するからっ♡！」

窓の外は暗闇だが、部屋の電灯は明るさMAX。玲奈が背中まで真っ赤にして恥ずかしがるところは、やはりいっぱしの清楚なお嬢様だった。

金持ちの娘を、上品な教育を受けた女を犯している感覚に痺れながら、くいっと骨盤の上がった尻を抱いて、思い切り種付け射精をしてやるのだ。

この夜はもちろん何度も性交した。

スマホでAV動画を見ながら、処女を散らしたばかりの肢体に、様々な体位を試し、必ず中出しをねだらせ、精液はすべて膣内に出した。

「ああっ♡！　みきおぉ♡　すきぃ♡　だしてぇっ♡　すきぃーっ♡！」

何度もベッドで性器をつなげ、シャワー室でも汗だくで性交し、最後はまたベッドの上で対面座位になって、べとべとに舌を絡めながら膣内射精し、互いに気絶するように眠った。

そして翌朝。

連続射精の疲労で混濁する脳が、目覚ましの音に起こされる。

「今何時だ……？　うわ早いな。まだ六時」

「ん……おはよ。いつも、朝のランニングしてるから」

隣で、玲奈が眠い目を擦って呑気に答えた。

まるで本当のお泊まりしたカップルのようで、樹生は幸福感と嗜虐心が同時に満たされる。

「玲奈、そういえば玲奈の生理っていつ？」

あれだけ中出しした樹生だが、やはり加虐への興奮に、玲奈の危険日を把握していなかった。もちろん今の質問も、玲奈の身を案じたものではない。ここもまったくもって鏡花への態度と同じで、

「ん、生理……？　来週くらいかしら。なぜ？」

「なら危険日じゃないってことか。この辺を把握するのも『練習』だから」

「そう……？」

「それより朝のランニングだけどさ、代わりに練習でいいんじゃないかな？」

樹生は、おもむろに玲奈の胸を揉んだ。

「んっ♡　まあ、練習の運動カロリーも相当だろうし、いいわよ」

日の出とともに、薄い光がカーテン越しに差してくる。

樹生は玲奈にキスをして、ゆっくりと身体を愛撫し、四肢を絡めていった。

結局、登校までに、二発の精液が美少女の膣に撃ち込まれた。

もはや手加減などない。
むしろ二人目の慣れがあるぶん、容赦がない。
樹生は本物の復讐鬼と化しつつあったのだ。

第四章　強奪される自宅お呼ばれ

一日かけてお泊まりセックスの疲労を回復させると、睾丸がむっちりと張った。樹生は玲奈をさらに汚そうとしていたのである。

本日の三時限目は体育だ。

晴天の空の下、女子と男子、同じく校庭での授業。男子はサッカー、女子は短距離走だが、男子のミニゲームが終了すると、男子の視線はすかさず女子のほうへと釘付けになるのだった。

もちろん目当ては、ギャル美少女の鏡花の巨乳である。

走れば、遠目から見ても分かるほど重量感を持ってぶるんぶるんと揺れる。健全な男子なら、凝視するしかない。

樹生は、皆の憧れの巨乳を、少し前まで揉んでしゃぶって、自分の手垢と唾液まみれにしたことに、なんとなく申し訳ない気持ちになったが、男子の目当ては鏡花の巨乳だけではない。

「おお……うなじタイムだ」

男子の誰かがつぶやいた。

玲奈も、もちろん注目の的だった。

体操服の短パンが、玲奈のスレンダーな四肢の純白をぬっと際立たせている。

そしてやはり「うなじタイム」と誰かが言ったように、長い黒髪をアップにした姿は、生唾モノだ。

形のいい首は普段黒髪で隠れているせいか、身体のどこよりも白く、普段とのギャップで色気を放っていた。男ならぜひ匂いを嗅いで舐めたいところだが、高嶺の花ゆえに普通なら指一本触れられない。

だが樹生は、一昨日の夜ずっと、あのうなじを舐めながら、後背位で中出ししてしまったのである。

確かにひどく甘い匂いを放つうなじだった。古代人類が動物のような交尾をしていた頃の名残で、あそこからオスを興奮させて射精を促す匂いが出ているのかもしれない、と思えるくらいだった。

思い出すと、むくむくと股間が立ってくる。そして期待してしまう。なぜならもう間もなく『練習』する時間になるからだ。

「Aチーム、試合開始だ」

と、その前に体育の試合をこなさないといけない。

「どけよ！」

キックオフすると、敵チームにいるリオンがドリブルで突っ込んできた。

樹生は突き飛ばされて、無様《ぶざま》に転んでしまう。短距離走の待機で男子側を見ていた女子のギャラリーが笑って見下してくる。

「オラァッ！」

逆にリオンがゴールを決めると、女子から歓声が上がった。

走り終えたばかりの玲奈も肩を上下させながらじっとリオンを見つめている。

高校になっても世界は変わらない。身体が強くスポーツの上手い男子は、いつまでもモテ続けるのである。小太りの樹生は身をもって痛感していた。

だが、時計の針が指定の時刻になる。

樹生は教師へ腹痛を訴え、グラウンドから去った。そして顔にいやらしい笑みを浮かべつつ、体育館裏に回るのだった。

騒がしい校庭から一転、ここは静かで薄暗い空間だった。

「はぁ……授業を抜けさせるだなんて」

「リオンくんも悪い男だから、普通にあり得るでしょ？」

「まあ……そうかもしれないけれど」

周囲は暗い。そして埃っぽい。乱雑で大きな質量の気配がある。

ここは体育倉庫だった。

体育倉庫は二つあって、使用頻度が高いものを入れる倉庫と、体育祭でしか使わない大道具を入れる倉庫がある。

樹生と玲奈がいるのは後者だ。シャッターを上げないと運び出せないモノばかりのため、施錠の意識が甘く、窓から出入りが可能なのである。

二人がいるのは倉庫の二階だった。小窓があり、校庭を見渡せるのだ。

「はぁ、リオンったら小学生の時と同じね。体育の時だけ張り切って」

玲奈が、しょうがないといった感じでドリブルで駆け回るリオンを見守る。まるで母親だ。

ふと、樹生は気になったことがあったので訊いてみる。

「玲奈って、いつからリオンが好きなの？」

やはり疑問だ。タイプが真逆のリオンをなぜ好きになったのか。

「……なぜあなたに話さないといけないの？」

「練習の質の向上になるかもしれないじゃん」

鏡花の時と同じ『練習』の理由を使って聞き込むと、玲奈は考え込み、

「そうね、小学生の頃かな。私は身体が強くなかったから、リオンの元気さをいつも良いなと思っていたの」

「…………」

「でも一番は、中学の時の臨海学校の肝試しかしら。私は肝試しの実行委員で、森を見回りしてたのだけど、私の知らない、変なお面をつけた本物の変質者に出くわして、追い回されて怖かったの。本当にレイプされるかと思った。そこで変質者を追い返して助けてくれたのがリオンで……多分本格的なのはそこからかな。頼りになるなあ、って」

樹生の心に怒りが湧いた。

玲奈がお面の変質者と言ったのは樹生のことだ。あれは、リオンが樹生にメイクと仮装をさせた、バケモノのコスプレなのだ。

リオンが面白がって玲奈にけしかけたのだが、玲奈が予想以上にビビってしまい、逆にリオンが「玲奈を怖がらせてんじゃねえよ！」と意味不明なキレ方で樹生を森の奥に連れ込んでボコボコにしたのが事実である。

もちろん、殴られてできた樹生のケガは、崖から落ちたことにされた。

思い出すたび理不尽な気持ちになる出来事が、恋のお膳立てになっていた。

やはり、この二人の恋も粉々にしてやるしかない。

「それより玲奈、早くしないと授業終わっちゃう。ここ来て」

「そ、そうね」

ブロック状のマットに座った樹生は、玲奈を自分の股間に座らせた。のしっと股間に重量と温度が乗り、細長い腕が首に回される。

「ん……汗をかいているのだけど」

「汗だくセックス、野性的でリオンくんも好きだと思うよ」

汗ばんだ玲奈の匂いは、非常に甘く煽情的だった。一昨日の夜も、この汗の匂いに生殖本能を刺激されながら性交したのである。

「ん、んむ♡　……んく♡」

細腰を抱きしめながら、唇を合わせる。

「玲奈、スピード上げて。激しくしないと終わらないから」

「わ、わかったわ♡　んむ♡　へぐ……えあ♡」

真昼間の学校で、卑猥な激しいキスをしてやる。対面座位で、体操服越しに性器を擦り合わせて、性交の予感を急速に高めていく。

べち！　べちべちっ！　と激しい水音のするキスだった。清楚な女の唇を目いっぱい汚してやる。

外で元気なサッカー少年をしている男の想い人の唇を、徹底的に自分の唾液で汚してやる。もはや舌の動きは樹生流に仕込んである。

リオン、玲奈はスケベなキスが上手だよ～♪　と叫びたくなるほどだった。

股間を合わせ、体操服を押し上げた乳房を胸に感じながら、互いに唇を密着させ、口腔内では、知恵の輪のように舌を絡める。

キスの水音は、もはや水音から咀嚼《そしゃく》音に変わっていた。互いの唾液が均一になってしまうような、樹生からすると甘い唾液が口内に染みるような、下品な一体感のあるキスだ。

「玲奈、いけそう？」

「ええ……たぶん濡れたわ」

玲奈を立たせて、体操服の短パンを脱がしてやると、じっとりとショーツに湿り気があった。やはり鏡花よりもさらに濡れやすい女なのだ。

玲奈は下半身をソックスと運動靴だけにして、他は丸出しにしている。ぬっと長い美脚の純白が、窓から差す光に映えている。

「玲奈、窓に手をついて」

「嫌よ……見えちゃうわ」

「外から見たら、窓の格子しか見えないよ」

これは確認済だった。こちらからは格子の間を通して校庭が見えるが、あちらから窓の中を遠目に覗くのは至難の業だ。

玲奈が窓枠に手をついた。

肩甲骨が浮き出た体操服の背中、伸びたひざ裏の美脚が無防備に広げられ、骨盤の上がった形の良い尻が、交尾のためにこちらへ向けられている。

そして中央では、ピンクの一文字の形をした肉唇が、ぬらぬら光っていて、

「ああ、玲奈！」

「んっ♡　ゆっくり……♡」

樹生も短パンを脱いで、蒸れたペニスを露出した。そのまま亀頭で肉唇をほじり、ゆっくりと膣内に沈めていく。

「っ、あああ……っ♡！」

一昨日よりも格段に硬さがほぐれていた。玲奈の膣は、肉棒をすぐに最奥へご案内してしまったのである。膣肉が精液を求めるように吸い付き、陰茎をしごくように吸い付く、極上の感覚がまた襲ってくる。

そして、お待ちかねの「うなじタイム」だ。

黒髪をアップにした玲奈の、白すぎるうなじに鼻を近づけて匂いを嗅ぐ。

素晴らしく甘く、股間を刺激する匂いだった。

「ああ、玲奈……！　玲奈……！」

発情臭で生殖本能が刺激された樹生は、たまらず腰を振った。

「んっ♡　いきなり激しっ♡　あっ♡！」

令嬢のうなじを嗅ぎ、べとべとに舐めながら、まるでうなじを捕食するかのようにして、性器をつなげてやる。もちろん体操服の下に手を入れ、ブラのホックを外し、汗ばんだナマ乳をしっかり揉みこんでいるのである。

同じクラスの男子はサッカーで汗を流している時間に、皆の憧れの美人とナマ性交で汗を流してやるのだ。

「汗臭い玲奈！　いやらしくて良いよ！」

「んっ♡　やだ恥ずかしいっ♡！」

「ほら！　一昨日教えたでしょ！　交尾気持ちいいって言わないと！」

「やぁっ……♡　こ、交尾……きもちいい、ですっ♡　んっ♡　動物みたいで、エッチな交尾っ♡」

このお嬢様は、交尾と口にすると、恥ずかしさで耳まで真っ赤になるのだ。

もちろんうなじも赤く染まり、樹生はますます興奮でうなじを舐める。

「う、うなじばっかりだめっ♡　よだれ臭くなるっ♡」

「ええ？　リオンくんだって大興奮でうなじ舐めながら交尾すると思うよ」

「そ、それでもっ……拭くシートもあるけどっ♡！」

「じゃあキスで塞がないと」

提案すると、玲奈が長い首を回して、舌を伸ばしてきた。

樹生は舌にかぶりつきながらスパートをかける。自分だけが気持ち良いように腰を振っていく。

「ああ、玲奈はこれから授業中に種付けされちゃうんだぞ。リオンくんも悪い奴だから、玲奈も悪い女の子になるんだ」

「んむぅ♡　へう♡　……んむっ♡　やだ、なんか興奮する……♡」

互いに昇りつめながら、外を見下ろすと、校庭ではまたリオンがゴールを決めているところだった。

「あっ♡　リオン、また、すごい……♡！」

女子の歓声に合わせて、玲奈も声を上げた。樹生は苛立ちを覚えつつ、射精のために膣奥を細かく突くようにペニスを抽送する。

「ほら玲奈、集中！　男がこういうふうに動き出したら、イく合図でしょ？」

「わかっ……てるわっ♡」

玲奈の気持ちは遠く離れたリオンにある。だが身体は他の男の射精前兆に合わせて膣を締めているのだ。

「玲奈に種付けするのは僕だ！　ほら玲奈もおねだりっ！」

樹生は怒りと嗜虐心を震わせて、ペニスの根元を膨らませていく。

体操服の下で乳房を掴み、さらさら吸い付く尻に己が股間を密着させながら、この美少女の種付けに、野蛮な性欲を燃え上がらせていく。

「れ、玲奈に、種付け、してくださいっ♡」

玲奈も、指示された通りに、一昨日練習した通りに、樹生を気持ち良く射精させるためのセリフを口にしていく。

「はっ♡　あっ♡　授業中に、隠れてする、玲奈は悪い子だからっ♡！　悪くてエッチなことが、好きな女の子だからっ♡！」

「あ――っ♡　樹生の精液だしてぇ♡！　た、種付けっ♡！　エッチな交尾でたねつけっ♡！　樹生に、種付けされたいのぉっ♡！」

「あっ♡　奥まで来てるっ♡！　一番奥に出されちゃうっ♡！　樹生の遺伝子でたっぷりマーキングされちゃうっ♡！　樹生の精子、玲奈の卵子にゴールインさせてぇ♡！　あ――っ♡！」

もはや練習中は、樹生の名前を呼ぶように仕込んであるのだった。

「ああっ！　孕めよ！　性悪メス猫！」

求められながら、樹生は玲奈の膣内に射精した。

うなじの匂いをすぅはぁと嗅ぐたびに、睾丸が跳ねて、ぶるんぶるんと精液が出てくる。甘い匂いに痺れながら、美脚の女の膣内でペニスを暴れさせる。

授業中に、この優等生の膣に精液を出している背徳感もたまらない。

「あっ♡　リオンが、また、ゴール……決めたぁ♡」

窓の外を見ると、またリオンがネットにボールを蹴り込んでいた。

対抗心を燃やしつつ、子宮口にもう一弾の精液塊をシュートする。

樹生はこの女を徹底的に自分のモノにしてやろうとどす黒い感情を燃やしていたのだ。


自分の手垢だらけにしてやる。そう決意した樹生は、鏡花と同じように、放課後、玲奈を自宅に連れ込んだのだった。

今日も、樹生の親はいない。

築四〇年の薄汚い家の小部屋に、このお嬢様を連れ込んでやったのである。

「あ――っ♡！　み、樹生っ♡　す、すきぃ♡　好きよぉ♡！」

正常位の場合は、ひたすらに好意を叫ばせる。

部屋に入った瞬間、樹生は玲奈を全裸に剥《む》き、樹生の汗の匂いのするベッドに押し倒して、即座に性器を結合したのだ。

寒空の下、帰り道を独りでうろついている野良犬のようなリオンと違って、樹生は狭いながらも落ち着く空間で、超美人のカノジョと全裸で性交しているのである。手足の長いモデル肢体をベッドに張り付けにするようにして、深く深く、正常位で貫いているのである。

「あー、玲奈ま〇こ気持ちいい。もう出そうだ」

「あ――っ♡！　出してだしてぇ♡！　んむぅ♡」

お互いにきつく抱きしめ合いながら、玲奈が樹生の射精の気配を察したのか、教えた通りに樹生の尻を脚でホールドし、舌を挿入してチロチロと細かくキスをしてきた。

さすがの優等生だ。覚えが良く、反応が良い。

樹生は至れり尽くせりのゴージャスな快感に、たまらず射精してしまった。

四肢も、舌も、そして膣も、全身でぴったり吸い付いてくる。都合の良すぎる性刺激に、白目をむきながらびゅるびゅると射精してしまうのだ。

「ぷは……ああ、玲奈のおかげで気持ち良かったぁー」

「はぁっ♡　はあっ♡　私も……痛みとかはなくなったかも」

「それじゃあ、三発目だから書かせてよ」

樹生は枕元の油性マジックを手に取った。そして羽子板の罰ゲームのように、玲奈の内腿に「正」の字の三画目を書いた。

つまりは、落書きだった。

玲奈の身体には、特に下腹と太ももに、「正」の字や「泥田樹生の女」「樹生専用マ〇コ」「ナマ好きスケベ女」「交尾大好き♡」そして各種の卑猥なシンボル等々、多彩な落書きが描かれていたのだ。

「うう……これ、リオンは本当に好き？」

「リオン君、独占欲とか明らかに強いでしょ。練習だよ」

樹生は、玲奈を組み敷き、膣を楽しみ、思い出したように落書きをする。

後背位の時には、背中に「バカ」とシンプルに大きく書き、肩や二の腕、太もも裏には、美術だけは成績4の樹生が、リアル目のペニスを描いてやる。仕上げとして、尻には卵子と精子が受精するさまを大きく描いてやる。

「あっ♡　またでるのっ♡？　だしてぇ♡！」

樹生の自室で、雄の臭いのこもった空間で、六発の膣内射精が終了した後、そこには落書きだらけの清楚美人が横たわっていた。

樹生は肉唇から、ぶぴ、と黄色い精液を垂らす落書き女を見下ろしながら、カシャカシャカシャ！　と何枚も何枚も写真を撮ってやる。

「ほら、最後に仕上げ。教えたでしょ？」

「うう……嫌だけど、やるしかないのよね。上手くできるかしら」

樹生はスマホを動画モードにして机に設置し、ベッドに四つん這いになる。

「んっ……臭いがきつい……んっ！　んっ……！」

樹生の肛門を、玲奈が舌で直に舐め上げているのだった。

動物の愛撫のように、互いに四つん這いになって、玲奈が樹生の尻に顔を突っ込むようにして、臭い肛門をじっとり舐めているのだ。

高慢ちきで冷酷ないじめ女、親を人質に脅迫してきた性悪が、身体を落書きだらけにされつつ、自分の肛門を舐めている。

痛快なこそばゆさを覚えながら、樹生は笑うしかなかった。


さらには翌日からも、樹生は容赦しなかった。

「また親いなくてラッキーだったね。きちんと練習できるよ」

今日は玲奈の親がいない日だった。

丘の上の邸宅で、柑橘と石鹸の匂いのする令嬢と、夜まで二人きりだ。

そしてここは浴場だ。広いリビングほどの大きな風呂場には、湯気が立っていて、髪をアップにした全裸の玲奈が座っている。

「……さっき動画で観たことを、やればいいの?」

「そうだよ。練習練習。リオンくん、付き合ったはいいものの、玲奈とのセックスに飽きて風俗にはまっちゃったらどうするの？　つまらないセックスしかできない彼女の責任だよ?」

「でも……はしたなさすぎるわ」

「すべてはリオンくんを気持ち良くするためでしょ？　身に付けて損なテクニックなんてないと思うけど」

これを言うと、「それも、そうね」と玲奈が納得した。

湯気の中、マットに寝転んだ樹生に玲奈が覆いかぶさってくる。

ぬるーっと、いやらしい感覚がして、触れた場所がぞくぞくと震えた。

ソーププレイだった。

この資産家の令嬢に、風俗嬢の真似をさせているのだ。

さっきまで小一時間ほど、ＡＶサイトでソーブものを勉強させたせいか、玲奈がやや迷いつつも、見た通りの手順で身体を絡めてくる。

ローションまみれの肢体で、樹生の手足に抱きついてぬるつきを感じさせ、乳首を舐め、ペニスを舐め、肛門を舐め、フルサービスの対応だった。

「お、お客様……♡　たくさん、楽しんでください、ね♡？」

優等生の、トップカースト同級生に風俗接待を受ける快感に、樹生は肉棒を天井に向けて歪に反り立たせていた。

この金持ちお嬢様に、普通の女性でも生涯やらないだろう行為をさせて、徹底的に支配している感覚は最高だった。

「んっ♡　……そろそろ挿れますからっ、ん……っ♡」

しかもナマである。樹生自身、風俗に行ったことなどないが、ゴムを使わない風俗はかなり過激な部類という知識はあった。このエリート美少女に、風俗嬢でも少数しか経験しない、危険なゴム無し風俗をさせているのだ。

玲奈が、樹生の股間をまたいで、自分で肉棒を誘導し、腰を沈めていった。

「あああ……っ♡！」

ローションで全身を光らせたモデル美人が、樹生の肉棒を飲み込んで騎乗位になった。

「あー。玲奈ちゃん気持ちいいよ〜♪」

樹生の口から、セクハラ親父客のような台詞が出てきてしまった。

「んっ♡　ぬるぬるして……いやらしい」

玲奈が上半身を倒れ込ませ、樹生の体幹にぬるぬるボディを擦りつけながら騎乗位で腰を振ってくる。

もちろんキスもさせて、男が気持ち良いように舌を絡めさせる。

元から吸い付く肌もローションでさらに吸い付いて、凄まじい密着感になった。この清水玲奈という女と、皮膚まで共有してしまった気になるほどだ。

「イきそうだ！　ああ玲奈ちゃん！　客の精子で妊娠してよ！」

「んっ♡　だめですっ♡　お客様ぁ、はむぅ♡」

調子に乗って、最悪に気持ち悪い客になってしまった樹生だったが、射精の前兆を察して玲奈が律義に唇を塞いできた。

ぬるついた密着感が最高潮となり、樹生は騎乗位の心地よい重さに痺れながら膣奥に精液を噴射してしまったのだ。

「あ、あ——っ♡！　お、お客さまぁ♡！」

もちろん一度射精しただけで、この最高に滑稽な淫夢を終わらせるつもりなどなかった。

「ああ、玲奈ちゃん！　ゴム無し風俗みたいな危ない仕事して可哀想！　客の精子で孕んじゃうよ！　あー、孕めっ！」

「だ、だめですお客さまっ♡　だめだめっ♡　あ——っ♡！」

樹生は玲奈とタコの交尾のように絡み合ったのである。

ゴム無し性器をつなげ、本当に客として見ず知らずの美人風俗嬢を妊娠させるつもりで、ひたすらに膣内射精し続けたのだ。

気持ち悪さを大解放で、玲奈の尊厳を汚していったのだった。

「ねえあのプレイ気持ち悪すぎでしょ!?　リオンが言うはずないじゃない！」

「それはリオンくんと付き合わないと分からないことでしょ」

三時間後、樹生と玲奈は口論していた。

ただし二人がいるのは、玲奈の自宅の、甘い匂いのするベッドの中だ。

「このばかっ♡　まじめに練習しなさいっ♡」

「じゃあ、普通の恋人セックスね。玲奈もきちんとやりなよ」

「あ、当たり前でしょっ♡！　んっ♡　はぁっ♡　最高に気持ち良くしてあげるんだからっ♡」

風呂上がりのしっとり肌を、性器を、たっぷりと擦りつけ合う。

「はぁっ♡　んっ♡　樹生ぉ♡　たくさん突いてぇ♡　玲奈のおマ○コ、樹生の形にしてぇ♡！　玲奈のあそこは、樹生専用だからっ♡」

身体でも口腔でも膣でも吸い付きながら、息のかかる距離で媚を売られる。

「んっ♡　あなたの弱点発見っ♡　ここでぎゅーっと激しくされると、すぐイっちゃうんでしょ♡？　ん、んむっ♡　ほらイってて♡　こらばか、はやくイきなさいっ♡」

樹生が欲しいところで、長い脚での尻ホールドをしてきて、煽情的な、射精を要求するための腰振りで膣を締められてしまうのだ。

もちろん樹生が絶頂しそうになると、中出し要求も忘れない。

「出してっ♡　これはまじめな練習だからっ♡！　あーっ♡！　彼氏の精子なら妊娠していいからっ♡！　だしてぇ♡　玲奈にたくさん中出ししてぇ♡　樹生の精子を、玲奈の卵子に命中させてぇっ♡！　へむ――っ♡！」

やはり忠実だ。玲奈は、樹生が絶頂する瞬間にキスをしてくる。

キスで射精をこれ以上なく促す技巧に、樹生は何度も出したはずなのに、無尽蔵に出るような、無敵の気持ちで腰を痙攣させたのだった。

清楚な美少女の膣に、ひり出すように精液を塗り込みながら——

樹生は、この冷酷女の『練習』の仕上げとなる計画を考えていたのだ。


数日後。

ある「仕掛け」を終えた樹生は、学校のトイレ個室で排便していた。

「それでよー、けっこう進展があってよ」

ドアの外からリオンの声がした。足音の数からすると恐らく総一郎もいる。

「なんだ、玲奈の件か?」

「そーそー。今度さ、親いない時に家で飯作ってくれるんだって」

「手料理か。それは、よかったじゃないか」

「総一郎もよ、最近鏡花とどうなんだ?」

「デートの回数は増えてきた。順調であると、信じたいが」

ギャルの鏡花も、今は総一郎とウブなデートに夢中のようだった。

二人の目には、愛しの女との関係は、何もかも順調に違いない。実際は、樹生にたっぷり膣を楽しまれてしまっているというのに。

「クリスマスには、告白したいものだ。受験も推薦で決まりそうだしな」

「そーだなー。クリスマスくらいがいいよなぁ」

あと一ヶ月半後の話をしていて、大変に悠長な認識だ。

樹生はその間までに、あの美少女二人の膣を、完全に樹生のペニスの形にしてやろうと考えていた。

「でもよ、玲奈の家で手料理食って、いい感じになったら俺そのまま告るかも」

「それはそれでいいんじゃないか」

「つーか、告ってOKだったら、そのままお泊まりするわ」

「それでこそリオンだな。頑張れよ」

なんとこのパリピ男は、玲奈とお泊まりセックスまで考えているらしいのだ。

樹生は拳を握り締めながら、獰猛《どうもう》な笑みを浮かべた。

生意気な。絶対にさせないぞ。玲奈のマ〇コは僕のチンポ専用だ。

それに、この手料理会は――

【メッセ　樹生・玲奈】

樹生『早いとは思うけど、練習の成果を見てみようよ。リオンくんを家の食事に誘うんだ。玲奈が手料理作ってさ』
玲奈『て、手料理、か……』
樹生『うまくいけば、リオンくんもお泊まりしたいって言うかもね』
玲奈『お、お泊まり？　まだ早いわよ』
樹生『それより、失敗しないように直前まで「練習」しよっか』

すでに樹生とはしっぽりお泊まりセックスしているというのに、玲奈の困惑に笑いそうになる。樹生はトイレ個室でスマホのメッセ履歴を眺めつつ、歪《いびつ》な敵愾心《てきがいしん》を燃やし、トイレを出ていく二人の足音に耳を澄ませたのだった。


土曜になった。

本日は、玲奈がリオンに自宅お招きの上、手料理をふるまう日だ。

現在の時刻は一七時。リオンは一八時に呼んでおり、樹生は先んじて門のチャイムを押した。

『ど、どうぞ……』

門と玄関の電子錠が開いた。樹生は股間をふっくらさせながら、玄関に入り、二階に上がる。

「き、緊張してきたわ……」

開口一番、玲奈がそう言って、エプロン姿で近づいてきた。

相変わらずのクールな美顔だったが、本日はわたわたと慌てた気配があって、樹生はこの冷酷女を初めて可愛いと思ってしまった。

「それより準備はどう？」

「じ、自信はないけど、作ってみたの……」

鍋にはビーフシチューらしきもの、そしてフライパン横には大きな肉、野菜とパンが少々、健全な男子なら誰もが好きそうなメニューだった。

だが樹生が普段食べているモノと外観や匂いがまるで違った。恐らく素材の値段がバカ高いのだ。

嫉妬と怒りがこみ上げてくる。そして空腹に腹が鳴ってくる。

もちろんこの夕食も、玲奈の身体も、一切リオンにやるつもりはない。

「玲奈、今回のお招きで大事なのは、料理の質と、玲奈の行動の、二つだと思うんだ。成功のために、どっちも大事な要素だよ」

「そ、それはもちろん。二人の時間が楽しいと思ってもらいたいし、料理も美味しいって言ってもらいたいけど……」

「じゃあ『練習』で確認していこうか」

釈然としなかった玲奈の表情も、練習と聞けばシャキッとするのだ。

「まず料理のサンプルを出してみてよ」

樹生が言うと、玲奈がケチケチと一口サイズだけ肉を切って焼いた。

そしてステーキと小皿一杯分のシチューがテーブルに並べられる。だがこの量はひどい、犬のエサに出す量である。

「それじゃあ、同学年の男の舌として、練習の味見をしてみようかな」

樹生は食べてみた。

肉は口の中で溶けた。

ビーフシチューは口の中に極上の旨味と香りを染み込ませていった。

パンも香ばしさと柔らかさが異次元だ。

結論から言うと、樹生が今までの人生で食べたものの中で一番美味かった。

だが、断固として言わなければいけないのである。

「これだと、微妙だな」

樹生がつぶやいた感想に、玲奈が「は?」と声を漏らした。

「ちょっとどういうこと? 素材はこの街で手に入る一番高いものだし、料理だって本を見ながら寸分違わずにやったわ。なのになぜ?」

「そこだよ玲奈、本を見ながらってのがダメなんだ。本を見てすぐ美味しいものができるなら、プロの料理人の修行だっていらないわけじゃん？　玲奈は普段から手を動かしてるわけじゃないでしょ？　それが出ちゃってるんだよ」

「じ、じゃあどうしろって言うの⁉　料理なんて今から練習したって！」

樹生の適当すぎる返しに、玲奈が涙目になっていた。滑稽すぎて笑いそうになるのだが、これは次の提案につなげるための布石なのだ。

「やっぱり料理はまだ練習が必要だ。今回は料理以外の『おもてなし』にリオンの目を向けさせるしかないよ。意識がそっちにいくくらい強烈《きょうれつ》にね」

「お、おもてなしって……」

「リオンくんをエッチな気分にさせるしかないんじゃないの？」

「え、エッチってそんな……！　まだ早いわ！」

早い？　玲奈は中出しした後の、尿道に残った精液を膣で絞るのだって手慣れたスケベ女なのに？　と噴き出しそうになるが樹生はこらえる。

「じゃあ、料理だけ出して失敗してみる？　というかリオンくんのこと、エッチしたいと思うまで好きではないんだ？　失敗でいいんだね？」

「そ、そんなことない！　リオンだったらエッチだって許すわ！　でもどうやって自然にそんな気分にさせるか、問題だらけじゃない！」

「それならエッチな誘い方、『練習』しようよ」

かくして今夜の練習が始まったのである。

下準備に時間はかからない。玲奈が服を脱ぎ、アレを着直すだけである。

「――い、いま料理ができるわ。だ、ダーリン」

二階の広間は対面式のキッチンになっている。

キッチン越しに見える、皿を洗う玲奈は、なぜか赤面していて、なぜか髪をアップにしていて、いつの間にかノースリーブになっていた。エプロンの胸の隆起も心なしか生々しく、両胸の先端がぽつんと一段高く隆起している。

「な、なにから食べる？　シチュー？」

玲奈が後ろを振り向くと、しなやかな背中の純白が見えた。

裸エプロンだったのである。

「ああ、玲奈、なかなかいいよ……！」

樹生は鼻息荒く近づいていく。

スイカに塩。少しの布地があると、玲奈のスタイルの良さが際立つ。

長い四肢の形の良さ、腰のくびれ、足首のくびれ、すべてが日常空間にある布切れと対比されて、ひどく煽情的に見えた。

「やっ♡　抱きつかないで！　最後までシチューの味の調整をしたいからっ♡」

「料理は諦めなよ。でも裸エプロンならリオンくんも玲奈に目が釘付けで、すごく興奮してくれるんじゃないかな？　あと一押しって感じだけど」

「あ、あと一押しって……」

「ほら、男が玲奈のマ○コにチンポ擦ってるんだから、玲奈からも動くんだよ。この練習がだめなら、直前だけど、リオンくん招くの中止にしたほうがいいんじゃないの？」

エプロンに手を入れ、さらさらの美乳を揉みつつ、素股のようにペニスを擦ってやる。

「んっ♡　そんな……もうすぐ来るのにっ♡　んっ♡」

玲奈はしばらく考え込んでいた。樹生は髪がアップになったうなじの匂いを嗅ぎながら、勃起した肉棒から先走りの汁を漏らしていた。

しかし玲奈の答えなど、決まっているのだ。

『練習カレシ』の催眠は、不安を喰らう呪いである。どこかに一つでも失敗リスクがあると感じてしまえば、もう抗《あらが》えないのだ。

「わ、わかったわ。リオンを招き入れられるかどうか、この練習で決める」

「時間がないから、玲奈も気合入れてやるんだよ」

「わ、わかってるわよ……♡」

樹生が身体を離すと、玲奈も振り向いてこちらと向かい合った。

勃起ペニスは濡れている。そういえば素股の際も水音がすると思っていたが、玲奈の膣はすでに濡れていたのだ。

「このっ……♡　絶対にすぐイかせて、練習は完璧って言わせてやる」

玲奈の顔が迫ってきた。

涼しい目の美人顔が、昂《たかぶ》りの桜色に染まっている。ふうふうと甘い吐息が唇にかかって、軽く唇が開かれて、

「んっ♡　んむっ♡　ん、んっ♡　ぷは、んむぅ♡」

凄まじく淫靡なキスが始まった。

ロマンチックさなどひとかけらもない、唾液を潤滑油にして、粘膜のいやらしい摩擦を与え合うだけに特化した動きだ。樹生の口内で、玲奈の口内で、互いの唇の間の中空で、唾液が弾けるほど舌が激しく打ち合い、絡み合った。

「んむっ♡　あむっ♡　んむもっ♡　はっ、ふむっ♡」

普通の女性の人生でも、ここまで激しいキスを経験することは稀だろう。男に徹底的に媚びる意思がないと風俗嬢でも不可能な、舌の性技の応酬だった。

樹生は、この清楚美人のお嬢様の唇に、一生消えない記憶を残してやったのである。

「んっ♡　私、もう知ってるから……あなたフェラしてからセックスすると、いつも

より早くイくのよね？」

玲奈が、樹生の下半身にすがりついてきた。

そのまま、ぱくりとペニスを飲み込む。

深々と口内に肉棒を挿入しての、口内奉仕が始まった。

ねちりねちりと陰茎が玲奈の舌と頬粘膜に擦れて絡む。亀頭は喉奥の熱さにぴったりと包まれる。

玲奈には、この一種類しかフェラを教えていない。この美少女の粘膜は密着する時に本領を発揮するので、ディープスロートが一番具合がいいのだ。

「んもっ♡　ん……♡　相変わらず臭っ♡　んむっ♡」

この高慢ちきな女が顔をひょっとこにして肉棒を吸う姿は、やはりたまらなく滑稽で、樹生の好物だった。

「ぷは……しっかり硬くなった。さあ挿入よ。観念しなさい、あなたはすぐイくことになるんだから」

玲奈が口を離して、どうやら本番に持ちこむようだ。

ただ先ほどから、分かったように分析する姿が気に喰わない。確かに間違ってはいないのだが、主導権を握られているようでイラつく。

「ふふ、あなた、この格好なら……後ろからしたいんでしょう？」

玲奈が、キッチンに手をついて腰を反らした。純白の脚が伸び、尻が差し出され、女豹のような、いたくこちらの睾丸を挑発する姿になった。

後背位でしたいと思った樹生の意図を看破されていたことも、大いに股間を苛立たせた。分かったようなことを。分かったようなことを。

「そして、こう言って欲しいんでしょ？」

玲奈が、熱い息を漏らしながら、くすりと笑い、

「玲奈に……種付けして、くださいっ♡　玲奈は、強いオスと交尾したいからっ……♡　樹生の、ナマちんぽが、ほし――あああああっ♡！」

欲しい言動が完璧すぎて、苛立ちのあまりいきなりぶち込んでしまった。

長い脚を広げさせ、白く滑らかな背中にすがりつく。露出したうなじの匂いを嗅ぎながら、樹生は無我夢中で腰を振ったのだ。

「ああっ！　この顔だけは良いクソ女！」

「んっ♡　私が負けるわけないじゃないっ♡　樹生のくせにっ♡」

つい乱暴な本音が出てしまったが、玲奈はあっさり受け流していた。

ただ樹生はその事実にも気づかないくらい、裸エプロンの玲奈と交尾することしか考えられなくなっていた。

「んっ♡　簡単よっ♡　男なんて、女の子の中に出して妊娠させちゃうことが一番興

奮するんでしょ？　ふふっ♡　気持ち悪いっ♡　本能だししょうがないのかもしれないけど、ちょろいものねっ♡」

最高に生意気だった。

怒りが、そのまま興奮に転化されているようだった。感情がすべて性衝動に取り込まれたようで、樹生は狭い膣の吸い付きにひたすら痺れていた。

「でも私、知っているわ♡　素直に中出しされるんじゃなくて、たまにちょっぴり抵抗したほうがいいのよね？」

玲奈の底が見えない。このままでは完全に玲奈のペースだ。

それに、これを言ったということは――

「ふふ、樹生ぉ♡　出しちゃダメえっ♡！　み、樹生の精子でっ♡　んっ♡　むりやり孕ませられてしまうわっ♡！」

わざとらしさとあざとさに、樹生の何かが切れた気がした。

「あっ♡　だめぇ♡　まだ一八歳なのに、樹生の精子が命中しちゃうっ♡　あなたの赤ちゃんできちゃうっ♡」

「ああ玲奈！　玲奈ぁっ！」

「やっ♡　むりやり交尾はだめよっ♡　びゅーびゅー種付けされたらっ♡　本当に受精してしまうっ♡」

清楚な女が、抵抗するような、中出しレイプの風味がある淫語に、樹生の獣性が全開になった。

もう出そうだ。この完璧DNAを持つ女に、自分の遺伝子を結合させたい気持ちでいっぱいになってしまった。ペニスの根元は爆発寸前だ。

このまま中に出したい。

だがそれでは完全に玲奈のペースだ。リオンを迎えるにあたって、練習は完璧だと言わざるを得なくなる。本当にリオンを部屋に入れる結果になりかねない。

だから樹生は耐えた。耐えに耐えつつ、玲奈の甘い匂いにまみれながら、止まらない本能で腰を振り続ける。

「ふふっ♡　だめぇ♡　ださないでぇっ♡　んっ♡　……って、ちょっと待って」

と、急に玲奈の余裕の演技が止まった。

代わりになぜかつま先立ちで踵が浮いていて、何かを耐えるようにしていて、

「み、樹生、何か変なの……これ、このままだと奥のほうから、なにか、くる」

樹生は数秒ほど考えた後、すぐに腰を振り始めた。

「ま、待ちなさいっ♡！　おねがいこれだめっ♡　変！　変よっ♡！」

耐え切ったかいがあった。こちらのターンという気がした。

大きな波を受けるのは、玲奈はこれが初になるのだ。

「ああああ――――――――っ♡！」

玲奈が背中を反らし、つま先でピンと立ち、シンクの縁を握りながら、膣を強く締めた。

今までにない締まりだ。元から都合のよい膣運動が、こちらの射精を渇望するがごとく激しいものになっている。

樹生もこの大絶頂にまかせて中出ししたかったが、何とか我慢する。

なぜなら主導権がこちらに渡ったからだ。

「だ、だめぇ――♡！　これだめっ♡　いっかい休ませてっ♡！」

玲奈が切迫した悲鳴を上げ始めるが、樹生はその両腕を掴んで、拘束気味に立ちバックを続けた。

「あ、ああ――っ♡!?　うそうそまたくるぅっ♡！　あ――っ♡！」

「お、おねがい、おねがい、あそこしびれてるっ♡！」

「あ――っ♡！　まけっ♡　玲奈の負けでいいですからっ♡　はやく終わってぇーっ♡！」

射精まであと数分というところか。樹生は、それまでに玲奈を徹底的に懲らしめてやろうとしていた。

だがその時、チャイムが鳴ったのだ。

「あっ、もう一八時っ♡　リオンが、来ちゃったぁ♡！」

そういえば時間だ。

だがもう勝利条件達成である。やることは決まっている。

「玲奈！　もう無理だ、諦めなよ！　中イきを覚えたのは良いけど、こんなにコントロールがつかないんじゃぁエッチの時に失望されちゃうよ！」

「で、でもぉ……♡！」

「料理もダメ！　エッチなアピールもダメ！　適当な理由つけて追い返すしかないだろ！」

「わ、わかったぁ……♡！」

玲奈と立ちバックで結合したまま、広間の小窓に歩いていく。ちょうどここは門の前を見下ろせるのだ。

案の定、リオンが寒さに震えながら門の前で待ち続けている。またチャイムを押して、反応がないので首を傾げている。無様で笑うしかない。

「玲奈、たぶん電話来るから直接出て断りなよ」

「んっ♡　じゃぁ、抜いて……♡？」

「このままだよ。イくのをコントロールする『練習』だ」

「嘘っ♡　うそぉ……♡！」

そうこうしている間に、テーブルの上の玲奈のスマホが鳴った。門の前のリオンは耳にスマホを当てているので、リオンからの着信で間違いない。

玲奈がスマホを取った。震える手で、顔を汗だくの真っ赤にして、

「あ、リオン……♡　ごめんなさい……♡」

会話が始まった。樹生は立ちバックのまま、構わずに腰を振る。

「実は……ごめんなさい……んっ♡　急遽、パパが一〇分後に戻ってくることになって……んはぁっ♡　ママだったら大丈夫かもしれないけど、パパは厳しい人だから……はぁっ♡　ごめんなさい、この埋め合わせは、んっ♡　必ずっ♡」

電話の終わりが近づいてくる。樹生は肉棒の抽送を速める。とろとろに濡れてひくつく膣粘膜の吸い付きにため息をつきながら腰を振る。

「い、息切れ？　うん、パパが帰ってくるから、急いで片付けしててっ♡　それじゃ、んっ♡！　また連絡するっ♡　わ……あ……♡」

電話が切れた。スマホが落ちる。

「あああぁ――――――っ♡！」

そして絶頂した。我慢の末の絶頂ゆえか、一番に大きい。

「ああ玲奈！　種付けで孕めっ！」

同時に樹生も、我慢を重ねた後の射精ゆえか、一瞬、気絶しそうなほどの性刺激が

腰から脳までを貫いた。

野蛮を叫んだ後は、涎を垂らしながら、吸い付く蜜壺に、びゅるんびゅるんと本能のまま遺伝子汁を垂れ流しにしていく。

寒空にため息をついて肩を落とすリオンの姿を見下ろしながら、黒髪美少女の熱々の膣に包まれて射精する。男女ぴったりくっついて腰を震わせながら、濃密すぎる体液交換をする。

脳内で勝利のファンファーレが鳴るほどに痛快な気分だった。

もちろん大勝利の後こそ性欲が湧いてくるものだ。樹生は壊れたおもちゃのように腰を振るのだった。

「あ――――っ♡！　終わり終わりっ♡！　お願い出してぇ♡　玲奈を受精させてぇ♡！に、妊娠させていいからっ♡　あーっ♡！　おねがい玲奈の負けですから！　玲奈は樹生より下っ♡！　負けましたからおねがい出してぇ♡！」

膣が痙攣しっぱなしの玲奈を組み敷いて、ベッドの上でひたすらに性交したのだった。

性交は夜中まで続き、空腹になったので、冷めたシチューを温め直し、裸エプロンの玲奈に料理を仕上げさせ、二人で食べた。

もちろんその後は明け方まで性器をつなげた。

計八発の膣内射精を終えると、汗と唾液と鼻水と愛液と精液と、体液まみれで小刻みに震える女が、腕の中にいた。

勝利だった。間違いなく復讐は完成しつつあった。

だが、樹生の心の一点にある疑念が浮かんできてもいたのだ。

——これは、やりすぎでないのか？

樹生は、もともとは、優しい少年だったのだ。

第五章　ふたりは仲良し

月曜になった。

樹生が昼休みの屋上に駆け上がると、四人の男女がいた。

お馴染みの四人が屋上のベンチに座って昼食を摂っているのだった。

「か、買ってきたけど」

「おっそーい」

鏡花が、樹生の手からパンの袋を取った。

「とりあえずお代」

黒髪を揺らして、玲奈が樹生の手に、パンの代金を渡してきた。

樹生は今日も無事任務を達成し、安堵のため息をつく。

ふと違和感がした。

そういえば、いつもなら地面に投げられた金をつまんで拾っているところ、玲奈が普通に金を手渡ししてきたのだ。

さらに、今日はいつも感じる見下しの視線が少ないことに気づく。

「樹生、あなたもここで食べる？」

玲奈が何気なく声をかけてきた。

屋上のベンチは詰めれば五人は座れる。今回は玲奈が自分の隣にスペースを空けて誘ってきたのだ。

突然の誘いに、樹生はぎょっとする。しかし、もっと目を見開かせていたのは男性陣二人だ。

「お、おい玲奈⁉　樹生と食事とかねえだろ……⁉」

「そ、そうだ。一体どうしたんだ玲奈。熱でもあるのか？」

リオンと総一郎が目を白黒させていた。

「いいえ、樹生も使える人間だと思ったから、奴隷から下僕に格上げしてあげようかと」

「だからって、一緒に食事とかねえだろうがよ……」

「そうかしら？　リオンが言うならそうするわ。さっさと行きなさい下僕」

膣を征服したことによる心境の変化か。鏡花の時と同じくどこか心変わりしたようだ。男二人に目を付けられては敵わないので、樹生はさっさと屋上から退散することにした。

なぜか鏡花がこちらをじっと見つめていたが、足早に去ることにした。

と、階段を降りるとメッセが来た。鏡花からだ。

【メッセ　鏡花・樹生】

鏡花『樹生、お前さ、しばらく総一郎と実戦を積めとか言ってたけど、まさか練習を面倒臭がって、適当言ってるとかじゃねーよな？』

樹生『ど、どうしたの？』

鏡花『総一郎と毎日放課後デートしてるけどさー、全然進展する気配ねーし、これ練習不足してる証拠じゃん？』

樹生『そ、そんなことないと思うけど』

鏡花『お前、逃げてるだろ？　逃がさないかんな』

この催眠は、鏡花にとっては樹生を「使っている」感覚なのだ。

だから鏡花は、従順に従う樹生に、ハードな練習にも付き合う樹生に、ある程度心を許したふるまいをするようになった。

樹生は若干の恐怖を感じた。練習自体は構わない。だが自分がタイミングをコントロールできない恐怖感が湧いてきたのだ。

玲奈に加えて、鏡花を二人同時に相手にする。

樹生の目的ではあったが、いざ現実として直面してみると、手に負えない呪いに手を出してしまった感覚がしたのだ。
樹生『わ、わかった。近いうち、練習しよう』
鏡花『近いうちっていつだよ。じゃ明日な』
樹生『わ、わかった』

不安だった。だが久しぶりに巨乳美少女と性交する期待に、股間を膨らませてもいたのだった。

不安が性欲に姿を変え、樹生は思わず、違う相手にメッセを打ちだし――


「あ――っ♡！　だめぇっ♡！　下僕に妊娠させられちゃうっ♡！」

本日の終業直後の体育倉庫。人気のない二階の隅で、樹生は制服姿の玲奈とバックで性交していたのだった。

「ああ、玲奈！　僕を昼休みに下僕扱いして！　お前、今から下僕の精子で孕むんだからな！　この気取ったクソ女！」

「んっ♡　だめよっ♡　中に出されたら妊娠しちゃうっ♡　下僕の精子で受精しちゃうわっ♡！　樹生に征服された証拠が、一生残っちゃうっ♡！」

レイプ気味の淫語プレイは、もはや玲奈の「型」となった。

玲奈はわざと抵抗し、受精の危険をわざわざ叫び、男の征服欲を刺激するいやらしい女になってしまったのだ。

このプレイは、玲奈としては、最効率で樹生を射精させないと絶頂地獄を味わいかねないためであったが、樹生としても本日は生理直前であるものの、やはり危険日を意識させられると本能が燃える。

樹生は黒髪とうなじの匂いを嗅ぎながら、意識だけは玲奈を妊娠させるつもりで肉棒を抽送し、睾丸をびくつかせ、射精まで上り詰めていく。

「ああ玲奈！　今から妊娠させるぞ！　ああマ○コ締めろ！」

「だめだめぇ♡！　あなたの種付けで妊娠なんていやよっ♡！　危ない日だからだめぇ♡！　卵子に命中しちゃうからだめぇ♡！」

樹生はブラウス下で乳房を握る手に力を込め、吸い付いてくる子宮口に尿道口を連結させるように小刻みに突き、

「あ――っ！　いた――っ！」

突然の声だった。

見ると二階に上がってくるのは、ゆるく巻いた髪、ブラウスを押し上げる巨乳の美少女だ。

「ったくもー……案の定じゃん」

鏡花がため息をついて、こちらを見ていたのだ。

対する玲奈は、一瞬で身体を硬直させていて、

「ちょ、鏡花、その、これは……んっ♡！」

緊張で締まった膣に、樹生はそのまま射精した。

「ち、違、鏡花、んっ♡　違うのよっ！　んっ♡　これはっ♡！」

鏡花に必死に言い訳する玲奈の膣に、びゅるんびゅるんと精液を撃ち込むと、玲奈はそのたびに声門を震わせていた。

玲奈の慌てぶりに笑いそうになる。それはそうだ、常識改変された玲奈にとって、この状況は、親友に美容整形をしている現場を見られたに等しい。

だが樹生は、いつかこうなるだろうなと予感していたので、鏡花の突然の闖入にも困惑は少なかった。

「あー玲奈。大丈夫。あたしも『練習』してっから」

「へ……？　あなたも？」

「だからとりま、今後のこいつの配分決めよーよ」

放課後。晩秋の夕日は落ちるのが早く、外はすでに暗く寒い。

だが部屋の中は温かく、二人の女子の甘い匂いが漂っていた。

ここは鏡花の部屋、つまり七海家の離れだ。

誰も来ない密室のベッド上で、樹生は、自身を『練習カレシ』と認識しているトップカースト美少女二人に挟まれていた。

「まさか玲奈も『練習』してただなんてなー。まあ効果はあるわな。あたしも総一郎とデートする関係になったし」

「まさか鏡花もしてただなんて。まあ効果はあるわよね。私も、リオンと放課後デートする仲になったし」

実際は元から四人とも両想いであっただけで、まるで樹生は関係ないのだが、面白いのでこの認識でいてもらうことにする。

そして今二人はカレンダーを広げて、日程を調整していた。

「それより玲奈、あたしクリスマスまでに何とかしたいから、ここの期間は樹生をもらうよ」

「それはないでしょ……私は明日くらいに生理になるからしばらく貸すけど、そこからは私がこのくらいの期間をもらうわ。私だってクリスマスまでに何とかしたいから」

何やら喧嘩をし始めた。

それはそうだ。二人の脳内では、樹生と練習すればするほど魅力がレベルアップするのであるし、本命カレシとどんな状況になってもいいようにあらゆるシチュエーションを徹底経験しておくことが大事だからだ。

練習の日程を取り合うことは、欲張りな二人らしい喧嘩だった。

実際は催眠なのに、樹生のペニスを取り合っていると考えると、ヒートアップする二人の前で思わず噴き出しそうになる。

「ここからここの日程はあたし！　これはゼッタイ！」

「駄目。この日はあたしよ。離れの自室があるあなたと違って、私は親のいない空間がいつでもあるわけではないのだから、私の都合が優先よ」

「玲奈だって離れの部屋作ってもらえばいいじゃんか！」

「今から工務店に急がせても三ヶ月後でしょそんなの」

離れを建てることが、金でなく時間の問題というのが癇に障る。

ただそれよりも、樹生には腹案があった。

あんなにも樹生を毛嫌いしていたのに、いまや揃って心を開いてくれた。樹生はこの二人を今まで以上に可愛いと思えていたのだ。だからこの美少女二人の争いを解決する、画期的な方法を考え出したのである。

「じゃあさ、二人でする日を作ったらどうかな？」

大変にシンプルな解決法だった。

「ふ、二人って……？」

「ど、どういうことなの？」

もちろん鏡花と玲奈はたじろいだが、二人ともうすうす何をするかは理解しているようだった。

「だから、鏡花と玲奈と僕と、三人でやるのさ。練習としての意義は……そうだな、君たちは四人とも仲がいいからさ、リオンくんも総一郎君もお互いに見せあいながら、4Pしたがるかもしれないじゃん？」

「そ、そんなのありえない！」

「そ、そうよ、私のあられもない姿が鏡花と総一郎に見られてしまうだなんて」

やはりここは抵抗がある。

だが、やはり催眠のほうが強いのだ。

「男同士で意気投合したらどうするの？『4Pしようぜ！』ってさ。可能性はゼロとは言えないでしょ？もし総一郎くんとリオンくんがする気になってるのに『恥ずかし～』とか空気読まずに断ったら、『つまんない女』って嫌われちゃうんじゃないかな？」

樹生の口からすらすらとこじつけが出てきた。

簡単に嘘がつける。変わったな自分は、と一瞬思った樹生だったが、一方の美少女

二人は、考え込むようにしていて、

「確かに……総一郎がヘンタイな可能性もゼロじゃないし……」

「確かに……リオンならノリで提案してくる可能性もゼロではないけど……」

ここ一番のちょろさだった。

「何より、二人とも仲良く同時にレベルアップできるのって悪いことかな？」

樹生はダメ押しをしてみた。二人の友情を煽ってやったのである。

「そーかも。同じ練習してる身だし、何より親友じゃんな」

「そうよ。もうお互いに練習している身だとバレているのだし、あなたに肌を晒すのなんて今さらの話だったわ」

二人はすでに秘密を共有した仲だったのだ。

「あたしたち二人で練習して、二人でクリスマスまでに何とかする。これでいいんだ。なんだカンタンじゃん」

「ふふ、こんな単純な答えを出せなかっただなんて」

「まー樹生の提案のおかげか。やるじゃん、樹生」

「あなた、たまに役に立つわよね。少しだけ見直したわ」

今から膣を犯されてしまうのに感謝されてしまった。

まだまだ傲岸不遜な美少女二人の態度を心底軽蔑しつつ、この信頼の目をこそばゆくも感じた。

「それじゃあ——二人とも、服を脱ごうか」

樹生の言葉に、二人がためらいながら脱いでいく。

「うう、やっぱ玲奈の前とかハズいかも」

「そうね。少しばかり照れるわ」

恥じらいを感じながら脱ぐさまが新鮮で、樹生の股間はすぐにいきり立たてしまった。

「それなら半脱ぎでいいよ」

樹生は敢《あ》えて止める。

すると目の前には、スカートを脱いで、はだけたブラウスを着たままの、半裸の制服美少女が並ぶことになった。

「じゃあ始めよっか。二人で舐めてよ」

全裸になった樹生がベッドの上で大股開きに、天井に向かってペニスをそそり立たせると、学校でも2トップの、タイプの真逆な美少女顔が、股間にゆっくりと降りてきた。

二人の頭頂部を見て、髪色の違いが、まるで味違いのダブル乗せアイスクリームだなと場違いな感想を抱きつつ、ニヤニヤと笑っていると、

「「はっ♡　んっ♡　んむっ♡　もっ♡」」

二人の舌が、樹生の性器を這いずり回った。

二枚の赤い舌が、陰茎を両脇からじっとりと舐め上げる。

玲奈が喉奥深く飲み込んだかと思えば、同時に鏡花が睾丸を優しくしゃぶり上げる。

今度は鏡花が喉奥深くペニスを飲み込み、玲奈が陰嚢《いんのう》の裏や脇までなぞるように舐めてくる。

「ああ！　二人とも！　頑張ってるね！」

校内カースト最上位の共演に、樹生は素晴らしく興奮していた。

このゴージャスな光景は記録に残しておかないといけない。スマホのカメラのシャッターを何度も切った。動画も撮った。

「んむっ♡　撮りすぎ。樹生も集中しろって♡」

「ご、ごめんごめん♪」

鏡花のたしなめにも笑いが止まらない。もはや肉棒は二人の唾液でぬらぬら光っている。この二人にチンカスをすべて綺麗にさせてやったのだ。

「そろそろ挿れよっか。どっちにしようかな～？」

樹生は、極上美少女二人を並べて、贅沢すぎる選択で悩んでやる。

「あたしだろ？　だって最近練習してねーし」

「私よね？　もういつ生理くるか分からない日だし」

二人は譲らない。なので樹生が選んでやることにした。

「「んっ♡」」

両手を二人の股間に伸ばし、肉唇を触ってやる。

「鏡花のほうが濡れてるから、最初は鏡花にしようか」

「な？　久しぶりだし、けっこーコーフンしてんだから」

「はあ……仕方ないわね。でも次は私よ」

かくして、贅を極めた3Pセックスが始まってしまうのだ。

「んっ♡　久しぶりだから……ゆっくりっ♡」

鏡花が仰向きに寝た。ブラウスは全開で、ブラはたくし上げられて迫力ある乳房がツンとそそり立っている。揉んでみれば、この弾力のいやらしさを思い出してすぐに燃えてくる。

ソックスを履いたままの足首を掴み、開いた太ももの間に割って入る。ショーツをずらし、濡れた肉唇に亀頭を埋め、ゆっくりゆっくり進んでいく。

「んっ♡　んっ♡　っ、あああぁ……っ♡　奥、きたぁ♡」

ずちっと音がして、桜色の膣に、ペニスが根元まで埋まった。

相変わらずよく絡む膣肉だと思ったが、しばらくしていなかったせいか、まったく新しい女と性交している気になって、興奮のあまり先走り汁が噴いて漏れる感覚があった。

「ほら鏡花。今日もレベルアップだよ♪」

「わかっ、たぁ♡　んっ♡　コイビトみたいに……み、樹生ぉ、好きぃ♡」

鏡花が小生意気な美少女顔を蕩けさせていた。樹生はさっそく舌を伸ばし、唇を唾液で汚そうとするが、

「4Pを想定とした練習でしょう？」

玲奈が樹生の頭を奪うようにかき抱いて、舌を突っ込んできたのだ。

「んっ♡　相変わらず口臭っ……♡　へむ♡　ちゅむ……♡」

「あっ♡　樹生ぉ♡　好きだからっ……♡　たくさん突いてぇ♡」

巨乳美少女と正常位で下半身をつなげ、上半身は抱きついてくる清楚な美少女と舌を絡める。

鏡花は腰と膣の動きに集中し、玲奈は唇と舌の動きに集中する。いかに男を気持ち良くさせるかを考えた、完璧な攻撃を上下で喰らってしまうのだ。

「こういうのはどう？」

これでも十分だ、このまま絶頂に至っても構わないというのに、玲奈が唇を離した。

そして鏡花と正常位で結合する樹生の背中に、張り付くように覆いかぶさってきたの

だ。

胸部には鏡花の巨乳。背中には玲奈の美乳。

純白の美少女二人がバンズで、茶色い裸体の樹生がパテ。

三人はドスケベハンバーガーになってしまったのである。

「ふふ、それっ♡　鏡花のこと、孕ませちゃえっ♡」

玲奈が、樹生の乳首を弄りながら、いきなり耳元で囁きかけてきた。

「あーあ、同級生にナマで入れちゃって♡　あなた、もしかして鏡花を本当に妊娠させる気♡？　このケダモノっ♡」

そのまま耳を舐めてくる。睾丸が自分で分かるくらいに痙攣して跳ねた。

「んっ♡　樹生ぉ♡　おまえ、あたしのこと、妊娠させちゃうの……？」

鏡花も蕩け顔で訊いてきた。

樹生はたまらず「ああ鏡花！」と激しく腰を振る。わきの下からすがりつくようにして、巨乳美少女に夢中で性器を沈める。

「ふふっ、出しなさい♡　出しちゃえ♡　おっぱいの大きくて可愛い同級生を、無理やり受精させちゃえ♡」

玲奈による、こちらの耳を、首を、頬を舐めながらの、凄まじい煽りだった。もともとレイプ気味のプレイが得意なせいか、玲奈がドSな小悪魔と化していた。

「み、樹生ぉ♡　練習ってここまでするのぉ♡？　なんか、ホンキの子作りセックスっぽいんだけど……♡」

煽られて、鏡花のほうも熱い息を吐いて盛り上がっていた。それなら樹生も盛り上がらない道理はない。

「ああ鏡花！　いちいち訊くなよ！　うるさい女にはお仕置きだ！　これから孕ませるからな！」

「あんっ♡　樹生ぉ♡　わ、わかったぁ♡」

樹生も煽られるままに、鏡花を獣欲全開でむさぼった。むさぼって、そのまま肉棒が限界を迎えていく。

「ふふ、樹生の精子、鏡花の中にどれだけ出るのかしら♪　あ～あ、鏡花ったら樹生の精子で妊娠しちゃうんだぁ♡」

「ああ鏡花！　鏡花鏡花！」

「あーっ♡！　す、すきっ♡　樹生、好きぃーっ♡！」

トドメとばかりに、玲奈が樹生の肛門をべろりと舐めた。

肛門にひどく性的なこそばゆさが来て、ペニスの根元が決壊した。

「あ――っ♡！　み、樹生ぉ――っ♡！　へむっ♡！」

鏡花も、樹生の仕込みを忘れていなかった。樹生が絶頂した瞬間、頭をかき抱き、舌を入れてチロチロと刺激し、射精の快感を高めてくる。

樹生は、舌と肛門と肉棒と、三点同時攻撃を喰らいながら、耳奥に心臓の鼓動のような射精音を聞きつつ、鏡花の膣奥に精液をぶちまけた。

甘い匂いに包まれながら、内臓がかき回されるくらいの快楽で、陰茎を拍動させる。鏡花の子宮に直接注入するつもりで、何度も何度も股間をひくつかせながら精液をひり出したのである。

「すごっ♡　み、樹生の、すごい……♡」

鏡花は膣を締めながら軽く絶頂していた。樹生は鏡花のゆるく巻いた髪の匂いを嗅いで、余韻に浸っていたが、

「ほら早く、次は私よ」

そういえば二人を相手にするというのはこういうことなのだ。

性的興奮とともに、何か大きなものに振り回される感覚が強くなる。

だが、玲奈に精液まみれのペニスを舐められ綺麗にされると、また最初と同じように勃起してしまった。

「ほらほらーっ♪　行けー樹生っ！　クソ美人な真面目女を妊娠させちゃえ♡！」

「ああ玲奈！　玲奈玲奈！」

「あーっ♡！　だめよっ♡　中に出さないでぇ♡！　このケダモノっ♡　今日は危な

い日だから中出しはダメぇ♡！」

今度は鏡花が上、玲奈が下のドスケベサンドイッチだった。

背中にもちもちの巨乳を押し付けてくる鏡花の煽りのままに、玲奈の危険日レイプ演技の煽りのままに、スタイルの良い美肢体ときつく正常位で合体して、またまた痛快な膣内射精をしてしまうのだった。


翌日から、二人との濃厚な日々が始まった。

「さて、玲奈の生理が終わるまで、あたしがドクセン練習だかんな」

翌日からは、鏡花の日が続いた。

連日の射精、そしてこれからも連日吐精することが明らかなので、昼間の学校は居眠りをかましつつ体力を回復させ、練習は放課後に挑むことにした。

「さ、今日も練習だぞ。……って、ちょ♡　いきなりかよぉ♡」

連日射精している。だがこの離れの玄関に入って、鏡花の甘い匂いを嗅ぎ、制服を着た後ろ姿、特にぷりんと張った尻を見ると、すぐに勃起してしまい、ついつい背後からすがりついてしまうのだ。

「んむっ♡　樹生ぉ……♡　へむ……♡」

玄関で制服のまま抱き合い、べとべとに舌を絡め合って、もどかしく服を脱ぎ散らかしながらベッドインする。

「み、樹生ぉ♡　ふふっ♡　すきだぞっ♡　んっ……んむっ……♡」

鏡花は練習熱心だった。すなわち男を喜ばすために自分に何ができるかの追求に真剣なのである。

「ああ、鏡花！　パイズリフェラ気持ちいいよ！」

「本当？　頑張るぅ♡　んむっ♡　……ふふっ♡　樹生、気持ち良さそう♡」

鏡花は自分の強みを理解したらしく、挿入前のパイズリフェラはルーチンになった。もちもちの巨乳を使って樹生のペニスをしっかり挟み、揉んで、亀頭をキャンディのように美味そうに舐めるのだ。

乳房の中でペニスをもみくちゃにされながら、亀頭フェラをする鏡花に上目遣いに見つめられると、大変な幸福感に満たされる。鏡花の愛情たっぷりの奉仕に笑いが止まらない。

「へむ……金玉くさっ♡　んむ……も……♡」

もちろんフェラ単独でもしっかり奉仕させる。

亀頭も陰茎も玉袋も全部舐めさせる。もはや下手なAV女優よりも多彩でいやらしいフェラをするようになった。

フェラの才能も練習時間も鏡花が玲奈より一段上だ。毎回毎回ペニスの皮膚が軽くふやけるほどに、睾丸も唾液でしっとり濡れるほどにフェラをさせる。

「ヤバっ……すげーバキバキ……♡　そろそろ、こいよ……♡」

そうして樹生の肉棒が極限までそそり立つと、鏡花はうっとりとした顔で仰向けになり、脚を開いて誘ってくるのだ。

「ん……♡　きたぁ……♡！」

鏡花は挿入するだけで軽く絶頂する女になった。

「あっ♡　すきっ♡！　樹生好きぃ♡！　すきだぞっ♡　もっとしてぇ♡！」

やはり鏡花は、ラブラブで好意を伝えるセックスが樹生をよく射精させると認識したようで、指示せずとも多用してくるようになった。

「あ――っ♡！　ちょ、待って、すごいイくモード入った♡！　き、休憩っ！　きゅうけえっ♡！」

絶頂させ続けると「すごいイくモード」に入る。

ペニスを入れるたびに、下腹を跳ねさせ、膣が断続的に絞るような動きで痙攣し続ける。やられすぎると、呼吸も怪しくなるようで、鏡花は樹生を射精させようと、汗だくの顔で懇願してくるのだ。

「み、樹生ぉ♡！　だしてっ！　おねがい、好きだからっ♡！　カノジョま〇こに中出ししてぇ♡！　あ――っ♡！　もー、だせよぉ♡！」

樹生にしがみついて、舌を伸ばして必死の媚を売ってくる。

「このっ♡！　玲奈に聞いたぞ♡！　おまえ、妊娠とか絡むとイきやすいんだもんな？　このヘンタイっ♡！　はぁーっ♡　みてろぉ♡」

鏡花が必殺とばかりに樹生に密着し、細かく腰を振り、

「はぁーっ♡　み、樹生ぉ♡　鏡花のこと妊娠させてっ♡　んむっ♡　み、樹生の赤ちゃん育てるからぁ♡　だ、だーれも来ないこの部屋でっ♡　すっごくエッチな中出しして、鏡花のことはらませてっ♡　あ――っ♡！　樹生のこと愛してるからぁ♡！　受精させてぇ♡！」

二人の間で、樹生攻略法が共有されてきた。

美少女に子宮を完全に明け渡されて、本能が刺激されない男はいない。

樹生は「ああ孕め！」と叫びながら射精する。ぱくぱく開閉を繰り返している子宮口の蠢きに合わせて、顔の良い巨乳女に、不細工の遺伝子をじっとりと染み込ませてやるのだ。

「さて、生理も明けたし、私の『練習』ね」

一週間しないうちに、玲奈の練習日になった。

「なに？　鏡花との練習で疲れてるの？　許さないけど？」

樹生の生殖欲を暴力的に刺激してくるようになった鏡花のせいで、どうも下半身のエネルギーが枯渇気味だった。

「でもそうね……考えがあるわ」

そこで玲奈は料理練習がてら、樹生に最高食材での手料理を作ってくれることになったのだ。

「どう？　味は？　実戦でいけそう？」

「実戦はまだまだだけど、元気は出るよ」

玲奈の親のいない日に、丘の上の豪邸で、二人きりで手料理を食べる。

もちろんすべての料理が最高に美味いが、リオンに喰わせるものかとダメ出しをしていく。まだまだ手料理は練習カレシのモノである。

「ごちそうさま」

最高級の食材の栄養で、みるみる股間に力が戻っていくのが分かった。

もちろん泊まれる日は、玲奈の部屋で、しっぽりと中出しセックスにふける。

そして親のいる日は――放課後にラブホテルに連れ込むのだ。

「ふふっ♡　だーめっ、今日は危ない日っ♡　ナマはだめぇっ♡　んんっ♡！」

樹生は、怪しい照明が煌めく小部屋で、玲奈の腰を乱暴に捕まえるようにしてペニスを沈めてやった。

「あっ♡　樹生に出されちゃうっ♡　短足の不細工男に中出しされちゃうっ♡　あなたに似た赤ちゃん、妊娠しちゃうっ♡　いやぁっ♡」

ギャルの鏡花がラブラブセックスなら、この性悪女はレイプ気味の演技セックスが樹生を早く射精に至らせると、経験的に理解している。

玲奈の狙い通りに、適度に調整された四肢の抵抗を感じると、樹生の征服欲が最高に燃えてくる。

「だめよっ♡　レイプで妊娠しちゃうわっ♡」

「はあっ、はあっ……このクソ女！　ラブホまで来てレイプとか言うなよ！　ここセックスするための部屋だぞ！」

「やんっ♡　あなたが無理やり連れ込んだんでしょ♡？　この中出し好きのケダモノ男っ♡　んっ♡！」

レイプモードになると樹生も暴言を放つ。玲奈もプレイの一環と認識しているのか、興奮した野蛮なリオンを想定しているのか、文句はなくそのまま膣を濡らしてペニスをくわえ込むのだった。

「だめっ♡　今日は卵子に命中してしまうわっ♡　私の卵子が、樹生の卑しい精子に征服されてしまうっ♡　あ――っ♡！」

ピンクの照明の下、丸いベッドの中央、玲奈の抵抗の流れで体位を変えつつ、みっちりと性器を合わせていく。

「んっ♡！　ださないでぇ♡　はあっ、あーっ♡！　危険日の中出しだからだめぇ♡あなたの女になっちゃうからぁ♡！」

樹生が射精をこらえて腰を振り続けると、玲奈の余裕がなくなってくる。

表情が切迫し始めた玲奈は、樹生を中出しホールドで抱きしめて、頭をかき抱き、べろべろに舌を絡めて射精懇願してくるのだ。

「はぁーっ♡　お、おねがいそろそろ本気でイって……♡!?　あ――っ♡！　に、妊娠させていいからっ♡！　おねがぁい♡！」

この言葉が、玲奈のイき狂いモード発動の合図である。

「あ――っ♡！　あ――っ♡！　だめぇ♡！　ずっとイってる！　あそこがしびれてるっ♡！　死んでしまうっ♡！　あ――っ♡！」

レイプ演技よりも本気で四肢に力を込めて抵抗してくるので、男の力で押さえ込んで、無慈悲なピストンを繰り返してやる。

「あ――っ♡！　ご、ごめんなさいごめんなさいっ！　玲奈の負けですっ♡！　樹生の勝ちですから！　れ、玲奈はあなたのエッチな下僕ですから！　な、なかだしっ♡！あ――っ♡！」

汗だくになって常に痙攣するようになると、涙目の敗北宣言で屈服する。

もちろん自ら子宮を無条件に開放してしまうので、樹生は下僕の証として熱い汚液を胎内に塗り込んでやるのだった。

凄まじい日々が続いた。これほどの美少女二人と濃密な時間を過ごせる男が人類に何人いるかと考えるほどだ。

だが連日尽き果てるまで射精すると、芯にくる疲労とともに、樹生の心にある感情が広がったのだ。

——狂っている。これは、やりすぎだ。

疲労と、後悔と、そしてもはや敵意のない美少女に凌辱を繰り返すことへの、倫理的な抵抗を感じ始めていたのだ。

「ほら、樹生ぉ♡　練習っ♡」

「ふふ、今日は何回出されてしまうの♡？」

だがいったん美少女の熱い肌と匂いを感じると、疲労と後悔が吹き飛び、数分後には舌と四肢を絡め出してしまうのだ。

呪いというのは確かにそうだ。というより呪いでなくともこれは常識だった。

代償の伴わない力はないのだ。

麻薬のような快楽には、依存と破滅が待っている。

そして一度ハマれば、気づいても抜け出せない。

まともな感情を取り戻しつつあった樹生は、どこでこの復讐を終わらせるか考え始めていた。

もう十分だと考えていたのだ。あとはきっかけさえあれば――


その日の『練習』は親のいない玲奈の邸宅で行われた。

三人練習の日である。夕方、家に集合した三人はさっそく全裸になり、湯気の充満した広い浴室に入ることにした。

「どーだ？　きもちいーか？」

「あなた、至れり尽くせりで王様みたいね」

マットの上で寝転ぶ樹生の身体を、弾ける巨乳ボディとしなやかなモデル肢体がぬるぬる滑っていく。

三人で身体をテカらせて、ローションプレイをしていたのだ。二人の美少女がキスをして、ペニスを舐め、全身を密着させて愛撫してくる。

情報量の多すぎる快感に、またもや樹生は思考停止していたのだが、

「んっ♡　……そろそろ、挿れっぞ。……んっ♡！」

仰向けの樹生の股間を、鏡花がまたいだ。

真っ白な太ももをかがめ、桜色の肉唇を自ら開いて腰を下ろすと、ローションまみれの肉棒が、鏡花の狭い膣壁《ちつへき》に勢いよく滑っていく。

相変わらず気持ちがいい。だが何か忘れている気がした。

「あれ、鏡花。そういえば今日は危険日……?」

「……?　そーだけど?」

事も無げに鏡花が言うが、『練習』では妊娠しないと常識改変されているからだ。

樹生は気づいた。そういえばこの美少女たちと危険日にセックスするのはこれが初めてなのだ。

「ちょ、待った。今日は、中出ししないから」

「は?　何言ってんだよ。それじゃあヌルすぎて経験値にならないだろ」

「そうよ、今さらどうしたの?　いつもみたいに一番奥にぴゅーって出せばいいじゃない」

初めての危険日。

詰めの甘い樹生は、やる気の美少女たちをどう止めるか考えていなかった。

妊娠。さすがにそれはまずい。今の淫行が周囲にバレかねない。

樹生の左手首のアザ、蛇の瞳の紋様にも、むず痒い感覚があった。

同時に脳に直感的な理解が走る。こういった呪いの類は、白日の下で多くの人間の目に晒されると解けかねないと――

それ以前に、樹生は本来真面目なのだ。新しい生命に責任など負えない。

「き、今日は終わり。終わりだ！」

樹生は性交を止めようとした。ペニスを抜こうと身体をよじる。

しかし、騎乗位になった鏡花がぐっと体重をかけてきて、

「お、最近余裕でスカしてたからムカついてたんだ♪　はいイけ～♪　おら樹生イけよ！　情けない声出して射精しろ！」

鏡花がいじめっ子の顔に戻って、腰をぐいぐい振ってくる。樹生を強制膣内射精に導こうとしているのだ。

「ふふっ、ほーらっ♡　学校で一番可愛い女の子の、一番危ない日に、エッチな中出ししちゃいなさい♡　熱いおま○この中にびゅるびゅるーって出して、あなたの精子で受精させちゃえばいいのよ♡」

玲奈も玲奈で、やはり耳元で煽ってくる。ぬるぬるの身体で樹生の上半身を押さえ込んで、乳首を弄って、キスをして、鏡花への膣内射精を促してくる。

もはや身体も性器も完全に拘束されてしまっている。

「あ！　だめだだめだ！　妊娠っ！」

「よし、ちんぽビクビクしてるっ♡！　コレもーすぐ出るだろ♡!?　ほらーっ♡！

出せ出せ出せーっ♡！」

「ふふ、たいへーん♡　樹生くんは、いまから七海鏡花ちゃんを妊娠させちゃいまーす♡　おっぱいが大きくて人気の女の子を孕ませせちゃいまーす♡」

まるで止まらない。樹生の睾丸も異常なほど跳ねて、ペニスの根元は決壊寸前だった。

このままでは本当に妊娠させてしまう。バレて騒ぎになるだけでも、総一郎やリオンの恨みを買いかねないが、周知の事実になり催眠が解ければ、女子二人に間違いなく殺されてしまう。

樹生は必死に暴れた。同時に、人生で一番萎えることを思い出してペニスを小さくしようとする。

萎えること。萎えること。気持ち悪いことなら、中学生の時、リオンに茹でた害虫を食わされたことか。それか哀しいことなどどうだ？　最近一番に哀しかったこと。そうだ、確かペットのクロスケが――

「っ、ああああっ！」

クロスケの肉片を思い出すと同時、勃起ペニスが小さくなる感覚がしたので、あとはローションのぬめりで滑らせて抜いた。

抜いた瞬間に、中空に精を放つ感覚があった。ギリギリで回避できた。

「はぁー？　なんで勝手に抜いてんだよ。真面目に練習しろよ」

「へ？　プレイじゃなくて本当に抜いたの？　あり得ないでしょ」

女子二人は侮蔑の目でこちらを見てきたが、樹生は安堵のため息をついた。

「き、今日は……フェラの集中練習にしようか」

「は？　まあいいけど」

「……フェラだけというのも新しい練習ぽいわね。ただその前に」

美少女二人は、すぐさま肉棒を舐めしゃぶり始めるかと思われたが、

「そだな、いま渡すか」

思い立ったように鏡花が立った。そして洗面所にある包みを取ってくる。

「これ、日ごろのご褒美よ。二人で選んだの」

二人が渡してきた包みを開けると、そこにはボクサーパンツが入っていた。色や滑らかさが高級感漂う代物だ。

「ま、普段あたしたちの『練習』に付き合ってくれてっからさ」

「通気性の良いパンツをはくと、精子の生産も良くなるらしいわ」

プレゼントだった。

樹生から搾取しかしなかった二人が、贈り物をしてきたのである。

昼食の誘い。今回の贈り物。

樹生は、もはや友情めいたものをこの二人との間に感じてしまっていた。

なぜか涙が出そうになる。もしかすると、どこかで間違えなければ、こんな『今』があり得たのかもしれないとすら思ってしまった。

『四人』でなく『五人』。

あの四人と樹生と、もちろん個人間での好意の濃淡はあるだろうが、同じ仲間だといえる関係が。

樹生は気づいた。これは樹生が、実は心のどこかで憧れていた——

そう思った瞬間、樹生の身体に寒気が走った。

美少女たちに対し、懲らしめを超えて、人権すら奪ってしまった恐怖が、今さら樹生の背筋を這い上ったのである。

樹生は、もともと優しい人間だった。

だから、樹生は決めたのだ。


翌日の放課後。

すでに薄暗い体育館裏で、樹生は鏡花と玲奈に向かい合っていた。

「どしたん樹生？　さすがにここでの練習は寒いしキツくね？」

「そうよ。それにここは人が通るリスクもゼロではないわ」

まだまだ呑気に、催眠にかかっている。

樹生は、無言で左手首を出した。

そして心の中で念じる。

すると、左手首の蛇の目の紋様が、二つとも、黒から肌の色に戻った。

催眠の解除だった。

瞬間、鏡花と玲奈の二人の顔が、薄暗い中でも分かるほど青ざめる。

「み、樹生てめえ……なにした？　なあ何した⁉」

「そ、そうよ……あなた、絶対に許さないから。うぷっ、私、あなたの肛門まで舐めて……！」

記憶はあるのだ。だが常識や嗜好《しこう》が魔法のように戻って、混乱し、やはり樹生への怒りと嫌悪に収束していく。

一時は、屋上での食事に誘ってくれたほど仲良くなれたというのに、残念な気持ちだったが、仕方がない。この優しい少年には、そろそろ十分に復讐を遂げた自覚があったのだ。

「まず一つ、僕はいつでもお前たちを催眠にかけることができる」

樹生はわざわざ、手の内をばらした。

「この左手首の模様を見せれば、お前たちをいつでも『あんな風』にすることができる。そしてエッチされたことを訴えても無駄だ。ノリノリの同意でエッチしたとこ、たくさん動画に撮ったよね？　僕はこれを証拠として提出するから」

　滔々と語る。ネタのすみずみまで丁寧に語る。

「これに懲りたら、僕へのイジメはもうやめろ。謝らなくていい。ただもう僕に近づくな。それだけでいい」

　もう終わりだ。イジメるのもやり返すのも、もうこれで終わるべきだ。

　樹生は、この復讐劇の幕を下ろそうとしていた。

「ただし、お前たちが殺したクロスケ、僕のペットには謝ってもらう。今ここで頭を下げろ。でないともう一度催眠だ。今度は、一生奴隷にする」

　怒りに震えつつ話を聞いていた鏡花と玲奈だったが、樹生が左手首をかかげると「ひいっ」と情けない声を上げ、二人とも腰を抜かした。

「こ、殺して、ごめんなさい……」

「あ、あれは、悪かったわ……」

　二人が涙目で謝罪した。

　これで復讐は成った。

　十分だ。リオンと総一郎についても、寝取った事実だけで勝利している。

　十分に懲らしめた。死んだクロスケも、樹生がずっと復讐に心を黒くしている姿を喜ぶはずがないとも思った。

樹生は優しい少年に戻ることにしたのだ。

「じゃあな。もう話しかけてくるなよ。動画は、絶対に秘密にするから」

二人にそう声をかけ、その場を去った。

だが樹生は、左手首に違和感を覚えた。また何か直感的な考えが、まるで他人に語り掛けられるように脳に浮かんでくる。

この優しく詰めの甘い性格のせいで、長年のイジメを受けたのだ。

迫害の結果があるとすれば、樹生にも原因はあったのだと――

翌日からどうなるのだろうと思ったが、約束通り、鏡花と玲奈は話しかけてこなくなった。陰鬱な、暗い顔で、一日中過ごしているだけだった。

ふと、昼休みになる直前に、メッセが来た。

【メッセ　リオン・樹生】

リオン『なんか玲奈が卒業まで自炊の練習したいって、これから毎日みんなの弁当作るらしいから、お前の昼のお使いもういらねーって』

樹生『そ、そうなんだ』

リオン『なあおまえ、玲奈とか鏡花に何かしたか？』

樹生『いつも通りだけど？』

リオン『そうか。まあ受験も忙しいし、お前の買うパンより玲奈の弁当が食いてーし、いいんだがな』

この日から、昼食パシリがなくなった。

毎日のルーチンから解放されると、本当にすべてが終わったのだと実感する。

これからどうしようかと樹生は思った。

樹生も一八歳で受験する時期だ。家は貧乏だが、市内の大学なら通っていいと言われている。浪人はダメと言われているので、頑張らないといけない。

重荷が取れると、脳のモヤも晴れたようだった。自分の未来に向かって、樹生は初めて何の邪魔もなく歩み始めたのだ。

勉強が進む。大学受験に向けての対策を進めていく。

本当に、まともな学生をやっている気分だった。

ただ、足取り軽く歩きながら、どこかに寂しさも感じていた。

あの四人と関わりがなくなったはずなのに、なぜか寂しさを覚えていたのだ。

放課後、暗くなるまで図書館で勉強してから、樹生は校舎を出て、帰宅することにした。

最近は、放課後といえば性交ばかりだった。

アレは復讐であり後味は悪かったものの、性的興奮に頭を真っ白にする快感は捨てがたいものだった。

だがそんなことよりも日常だ。平穏な日常こそが何より大事なのだ。

そう思いつつ、やはりどこかに寂しさを覚える。あの四人のいない日常が一番であると、無理に自分に言い聞かせているような気分だった。

「……？」

ふと、何かの気配がした。

ここは家に向かう道で一番暗い。周囲は山と田んぼで民家もない。車もめったに通らない。もし樹生が女子であれば、犯罪を警戒して明るいうちに通り過ぎたい道だが、貧乏そうな男子学生を襲う人間などいないと高をくくっている。

ただ樹生の詰めの甘さは、見通しの甘さからくるものでもあった。

だから気づかなかったのである。息をひそめて近づいてきた二人の人影を。

「イ……っ⁉」

目の前が真っ白になった。

次の瞬間、樹生は自分が地面に倒れていて、冷たい山肌に寝かされているのだと気づく。指が背中に回ったまま動かない。恐らく何か紐のようなもので手首を縛られている。さらに手に袋も被されている気がする。

「おまえ、よくもやってくれたな」

聞き慣れた声とともに、懐中電灯の光を当てられた。

目が慣れると、そこにいたのは鏡花と玲奈だ。

「叫んだら、また当てるわ」

玲奈の手にある黒い小箱から、電撃の火花が弾けた。

あれはスタンガンだ。急襲してきたこの二人にスタンガンでやられて、数分気絶し、今に至るというわけだ。

「お、お前たち何してるんだよ？　僕に関わらないって言ったはずだろ⁉」

「は？　しらねーし。それより前にレイプされた時に言ったこと思い出したわ。お前にもう普通の人生送らせねーから」

鏡花が、凄まじくガラの悪い声を吐きつつ、樹生のズボンを脱がせていく。

あっという間にフルチンになった。

もしかしてまだ催眠がかかっていて、野外での『練習』かと一瞬思ったのだが、どう考えてもその雰囲気ではない。

もしかすると樹生の恥部の動画撮影でもする気かと思ったが、

「これから、あなたの性器を切るわ」

玲奈が、枝切りハサミを片手に光らせていた。

「悪いことしたのだもの。切るわ」

声は恐ろしく冷たく、本気なのだと分かった。

「ま、待てよ。そんなことしたら、催眠にかけて――」

言いつつ、気づく。

「催眠にかけられたとして、あなたペニスを切られて何をするの？」

「それとさぁ、催眠だってその手首の模様を見なければいいんだろ？　手は後ろ。手首も袋がかけられてて見えませーん♪」

樹生の直感が告げていた。確かにそれでは催眠がかからない。

「や、やめろ……そんなことしたら、僕だって警察に」

「はは、心配すんなよぉ。ウチの親って親バカだからさ、いつもあたしに『悪さしたら言え、代わりの人間を出頭させてやる』って言ってくれるし」

「それにリオンの親が口利きすれば、このあたりの警察署長は『自首』してきた犯人がいれば受理してくれるわ。被害者の証言を無視するなんて簡単よ」

本気だった。本当にそれで通るのかは知らないが、ペニスを切ることだけは間違いなく計画していたようで、今まさに実行しようとしている。

樹生は自分の甘さを恥じた。仕掛ければもうそれは戦争だったのだ。中途半端に情をかけて逃がした結果がこれだ。

「さて、チンコ切るぞ～♪　切ったチンコは公衆便所に流しとくから♪」

鏡花が楽しそうに言った。

復讐なんてすべきでなかった。やはり弱者は弱者のままなのだ。滅多なことをするものではなかった。

樹生は後悔に泣きそうになる。

それに、少し前に浮かんだ期待はあり得ないものだったのだと気づく。

どんなことをしても、樹生とこの二人との間に友情や理解は望めない。

結局、樹生がこの四人と一緒になって『五人』になるなど、何度過去をやり直してもあり得ないことだったのだ。

樹生は絶望した。そして思ったのだ。

――それなら偽りの関係のままでよかった。あの甘い悪夢の中でずっと――

その瞬間、樹生は左手首に違和感を覚えた。

違和感は手首から腕、腕から胸、胸から腹と移動し――

また直感的な考えが浮かんだ。

浮かんだというより、なぜかペットのクロスケとの思い出がよぎったのだ。

走馬灯の如く巡る記憶の中で、あの黒蛇に、無感情な黒い双眸でじっと見つめられた気がした。どこか悲しそうで、しかし致し方ないとため息をついているような気配もあった。

そして、違和感がとうとう腹から陰部へと移動してきて、

「それじゃあチンコとサヨナラな！　テメーは今日から女になるんだぞ！」

「大丈夫よ。だいたいのペットや家畜だって去勢してるじゃない」

ハサミが近づく。それとは別の違和感で陰部が熱くなる。

近づいて刃が開くが、すんでのところでハサミが止まり、

「な、なんだこれ？」

鏡花と玲奈の声が重なった。樹生も股間を見る。

ペニスの亀頭に、あの蛇の目の紋様が浮かんでいたのだ。

鏡花は首を傾げたままだが、玲奈がはっと息を飲んだ。玲奈の持つハサミに力がこもる。

しかしもう遅い。

ぼ、と黒い光が一瞬走って、二人の美少女の顔を照らした。

亀頭にある、蛇の双眸が黒くなる。

黒いペニスと合わさって、まるでクロスケが股間に現れたかのような、クロスケが復活した奇跡すら感じていた。

「おーい、二人とも。こんな猟奇的なプレイはさすがに『練習』する必要ないと思うよ」

樹生は、のほほんとした口調で言った。

「そだね。本当に切るわけにいかないし。このへんにしとこか」

「そうね。いろいろなSMプレイを試すにしても、ここからはリオンの好みを見極めてからでいいと思うし」

まるでドッキリのネタばらしのように、急に二人の態度が変わった。

先日の催眠ネタばらしについての記憶も、まるでなかったかのような態度だ。

同時に、樹生に直感が走っていた。

毒を食らわば皿まで。

この呪いを使って最後まで、蛇がカエルを喰らうがごとく、一度噛んだら躊躇《ちゅうちょ》なくやり切れという啓示めいた考えが。

樹生は、優しい人間であることをやめた。

他人に配慮して譲ることをやめた。

自らの欲望を徹底的に叶えようとする感情に満ちていた。
その瞳は血走り、禍々しい光が宿っていた。

第六章　告白大成功！　危険日中出し大練習会！

一二月になった。

完全に冬だ。空気は肌を刺すほど冷たく、たまに雪のちらつく日もある。教室内も、ストーブは焚いてあるものの、外を隔てる窓に次々と熱を奪われて常に寒々しい。

チャイムが鳴って、昼休みになった。

「それじゃあ、これは今日のお弁当」

「あたしたち、今日も自習室行くから。推薦の結果まだだからベンキョーしなきゃだし」

玲奈と鏡花が、互いの想い人二人、リオンと総一郎に言った。

「お、おう。弁当ありがとな。でもよ」

「……今日も来ないのか。勉強も教えてやるが」

男性陣二名は、苦々しい顔でいる。

男たちの想い人二人は、一二月に入ってから昼食会に参加しなくなった。四人の長年の習慣が、途絶えてしまったのだ。

「だって冬は屋上寒いし。教室でこの四人てのもなんか違う気がするし」

「そうよ。それに四人で勉強は集中ができないわ。私がいれば鏡花に教えるには十分だし」

なんだかんだ理由をつけて断るのだった。

確かにこの二人は、一二月に入ってから、昼休みは『自習』で忙しいのだ。


「んっ♡　んもっ♡　んむっ♡」

一〇分後、ここは視聴覚室だった。

この使用率の低い教室は、鏡花と玲奈が教師たちから鍵を巻き上げたもので、今月から昼休みはこの二人専用の自習室になった。

鍵もカーテンも閉められた密室は、もちろんドスケベな自習に使われてしまっているのだが。

「はぁっ♡　んむ……今日も臭いすごっ♡　腹立つ臭さなんだけどぉ♡」

「本当……あなた、きちんとお風呂に入っているの♡?」

下半身を丸出しにした樹生のペニスを、制服美少女二人がじっとりと舐め上げている。一時間前まではクラスの女王として堂々たる言葉を放っていた魅惑の唇が、清楚な唇が、カースト底辺の肉棒をむさぼるようにしゃぶり上げている。

「お、おい、樹生ぉ……♡」

気づくと、急に鏡花が立ち上がっていた。

そのまま、椅子に座る樹生にまたがる。そして屹立した樹生の肉槍の真上で、ショーツを自らずらし、そのまま腰を深く下ろして――

「はい待った鏡花」

挿入寸前で、樹生は止めた。

鏡花の肩を掴んで、騎乗位挿入を阻止《そし》したのである。

「ま、またぁ……？」

鏡花が熱い息を吐いた。

あの樹生のペニス切除未遂事件の後、一一月末までお仕置きとして乱暴に性欲を発散した後、一二月になってからは一切の膣内挿入を拒んでいるのである。

「焦らしプレイの練習って言っただろ？」

樹生も、沸き上がる種付け衝動を抑えて笑顔を作る。

「んむ……♡　本当に練習しないの？　ぴゅーって中出しするの、あなたって好きでしょ？　ん……♡　子宮口をこじ開けるみたいにして、私たちに種付けしちゃう、野蛮なケダモノだもの……♡」

玲奈がキスをしながらこちらを煽ってくる。これは言外に、セックスで気持ち良く

射精させてやるという合図でもあったが、

「え？　これ『練習』だよ？　二人とも、もしかして練習でなく本当に僕とセックスしたいってこと？　さすがにそれはないでしょ〜？」

言ってやると二人はぐっと黙った。これは『練習』なのであって、二人とも樹生のことを好きなわけではないのだ。

だが意思とは裏腹に、二人の性器はもはや条件反射で刺激を求めているようだった。本能のままに交尾して、いつもの欲求を満たしたいと思っているのだ。

「んっ♡　はぁっ……♡　んぷ……♡」

鏡花がねっとりとキスしてきた。股間をもぞもぞさせて切なそうだ。

だがすべては最高の舞台と演出で、決着をつけるためなのである。

「二人とも、クリスマスの予約は済んだ？」

樹生は訊く。すると肉棒をしゃぶっていた玲奈も、樹生の耳を舐めていた鏡花もぴくりと反応した。

「よ、予約取ったぞ。クリスマスは、隣町の海沿いの旅館な」

「青浜旅館っていう、あの町で一番高い旅館よ。四人のスイートルーム、あなたの部屋も、下の階に取ってあるわ」

来たる一二月二四日が、決戦の日だった。

舞台は漁港町の高級旅館。要するにお泊まりダブルデートを決行するのである。

「二人ともそこで告白するんだもんね。大丈夫、きっと練習の成果が出るよ」

クリスマスイブは、この二人にとって決戦だった。

もちろんリオンと総一郎は二つ返事でお泊まりダブルデートの提案を受けた。

この美少女二人が昼食会に参加しない、放課後もよく消えることを怪しまないのも、この決定的にスケベな匂いのするデートの約束があるからに違いない。

「あー不安だー、めっちゃ不安。最近、普通にデートしてるけど」

「そうね本当に怖い。告白の結果がどうあれ、元の関係には戻れないわけだし」

女性側からの告白作戦に、二人はもちろん緊張しているようだ。

「大丈夫だよ。きっと一晩で、友達四人からカップル二組になれるよ」

樹生は自分の胸を叩いた。

「だって僕が付いてるから。いつでも『直前練習』できるわけだし」

樹生は蛇のように無感情な目で、口だけをにやりと笑わせた。

樹生は知っていたのだ。一二月二四日は、生理周期の違う鏡花と玲奈が、ちょうど二人とも危険日になることを。

この二人を、破滅させてやろうと決意していたのだ。

一二月二四日。

この日の漁港町には雪が降っていた。

男女四人が漁港町に着いたのは昼前だった。変装した樹生は、海風にちらつく雪の中、私服姿の四人を尾行する。

四人は、山黄寿司という三つ星高級寿司で昼食を済ませ、海岸の見えるレトロなカフェで茶を飲み、それから旅館にチェックインした。

旅館は新しい造りで、豪華な和風の内装だった。

樹生は、慣れない手つきでチェックインの書類を書いて部屋に入室する。するとスマホが震えて、

【メッセグループ　鏡花・玲奈・樹生】

鏡花『男どもが地下のゲーセン行ってるから、セットしてみたよ』
玲奈『接続確認、よろしく』
メッセの合図に、玲奈から渡されたパソコンを開いてアプリを起動させる。
『つながったか?』

画面には、鏡花の顔面がアップになっていた。

部屋に隠しカメラをセットしたのである。

いつでも状況を観察して、困ったことがあれば連絡の上、『直前練習』できるような態勢にしたのだ。もちろんPCや隠しカメラは最新機器で、マネーはすべて女子二人が出した。

「すごい部屋だな」

カメラを通してあちらの部屋を見ると、ため息をつくしかない。

スイートルームは複数の部屋があって、特に中央の和室は豪邸の広間のように広い。調度品も高そうなモノばかり並んでいる。テーブルの上には、てんこ盛りのフルーツが盛ってあった。

「スイートだとこんなもんでしょ？」

鏡花も玲奈も、当然と言わんばかりの反応だ。調べるとスイートルームは一泊五〇万円。やはり樹生とは格の違う、金持ちの家の子なのだ。

「二人は、夜まで何するの？」

「ええと、そうね……」

樹生は美少女二人に、まるで同行する友人のように話しかけた。

呪いの催眠で、樹生と美少女二人はまた友人に近い存在に戻った。

だがそれでも泊まる部屋は別で、小学校からの一二年間を象徴しているようだった。

いつも一緒にいるが、樹生だけが何らかの形で別だった。樹生がずっと望んでいたのは――

「…………」

樹生は沈黙する。

言語化できない感情だったが、なぜこの四人とずっと一緒にい続けたのだろうと今さらながらに思っていたのだ。

「そうだ、温泉にでも行こうかしら」

「そだなー、夕飯までのんびり温泉かな」

二人の返答に思考が中断される。

「温泉？　僕の部屋来たら？」

ただ樹生は昔も今も、いじめを受けながら、この四人と離れることだけは、考えもしていなかったのだ。

樹生の部屋は、四人のようなスイートルームではない。

だが高級旅館だけあって部屋はさっぱりと広く、豪華な内風呂もあった。檜の浴槽にたっぷりと湯を張ると、湯気が浴室に充満して心地よい蒸し暑さになる。

「んっ♡　ふむっ♡　へぁ……♡」

樹生と、鏡花と玲奈は三人揃って、全裸で浴室に座っていた。

それも三人お互いに両膝を立てて、脚を絡め合い、輪になっていたのだ。

樹生は両手で、二人の美少女の肉唇を弄っていた。輪の中央では、三人が舌を伸ばして粘膜をいやらしく叩きつけ合っている。

「どっちが先にイくかな～？」

樹生は二人の蜜壺をほじり遊んでいた。鏡花と玲奈、どっちが先にイくかのゲームを楽しんでいたのである。

リオンと総一郎が、地下のゲーセンで遊ぶ傍ら、同じ建物の中で、樹生は二人の想い人の膣で遊んでいたのだ。

優越感にニヤつきながら、二人分の膣と舌の粘膜を楽しんでやる。

「んっ……！♡」

ぷしゃ、と温かい液が右手にかかった。鏡花が先に絶頂して潮を噴いてしまったのだ。

「はい、鏡花の負け～♪」

負けたから別にどうということもないのだが、一応冷やかしてやる。

一方の鏡花は、熱く甘い吐息をついていて、

「み、樹生ぉ……もうやばいんだけど♡　すっごくしたい……♡」

涙目の訴えだった。連続絶頂するようになった少女を、ほぼ一ヶ月近く前戯だけで炙り、しかも今日は排卵日だ。生殖本能が燃え上がって切なすぎる気分になっているに違いない。

玲奈も、顔を真っ赤に染めて、我慢しすぎているせいか目が据わりながらも蕩けている。膣内もひくひく痙攣して、オスの生殖器を切望しているのだ。

「ほら二人とも我慢だよ。告白成功すれば、総一郎くんやリオンくんとセックスできるかもしれないじゃん」

「で、でも……今日できる保証とかなくね？」

「そ、そうよ……告白して、盛り上がって、それだけかもしれないじゃない」

樹生は笑った。もう今夜は交尾無しでは済まされないようだ。

そして、こう言い出すのも、すべて計画通りだったのだ。

「それじゃあ、少しズルしちゃおうか？」

樹生は立ち上がり、浴室から部屋に出た。

冷蔵庫を開け「あるモノ」を取り出したのである。

四人が旅館のレストランで食事を済ませ、部屋に戻ってきた。

カメラを覗くと、スイートルームの大窓からは暗い海が見える。

もう夜だ。和室には、すでに布団も敷かれていた。広い部屋なのでまるで修学旅行の大部屋を四人だけで独占したようにも見える。

一八歳が四人集まればガヤガヤ大騒ぎというのが普通かもしれないが、部屋の雰囲気は、静かな、むんむんとした空気が充満していた。

なにせ発情状態の美少女二人が、熱い息を漏らしているのである。騒ぐどころではない。男二人も、ただならぬ雰囲気を感じ取っているのだ。

「売店で買ってきたマンゴージュースとパインジュース。みんなで飲も？」

浴衣姿の四人がテーブルで向かい合う中、鏡花がボトルを全員に差し出した。

「はは、これ本当にジュースかよ」

リオンが笑いながら受け取る。ボトルの外見はアルコール飲料だったが、これは樹生特製のジュースで、アルコールなどよりも凶悪なものが混入されている。

もちろん凶悪なブツは男性陣のほうだけに混入されている。

「そ、それでは、乾杯するか」

総一郎がボトルをかかげて、全員で乾杯となった。

乾杯後も部屋は静かだった。

美少女たちの吐息と、かすかな波の音が聞こえるだけだ。こんな空気では喉が渇いて仕方がないのか、リオンと総一郎が一気にドリンクを飲み下した。

沈黙に耐えきれずＴＶがつく。陳腐なクリスマス特番が流れる。

それなりの時間がたち、弓が引き絞られるように部屋に緊張が満ちていき、

「ねえ、総一郎。聞いて欲しいことがあるの」

口火を切ったのは、やはり暴発寸前の鏡花だった。

「待って、私も言うわ。リオンに言いたいことがあるの」

もちろん玲奈も続く。

樹生は驚いていた。切り出すにしても、各々が別室でこっそりと思っていたのだが、
二人とも思い切りが良い。

「二人同時に言うって決めてたんだ。だってあたしたちは四人で一つだ。小さい頃からそうだったもん」

「そうね。この四人のまま特別になりたい。だから二人で同時に言うわ」

鏡花と玲奈が、テーブルの上で手をつなぎ、握り締めて、

「あたしは、総一郎が好き」

「私は、リオンが好き」

言葉通り、二人は同時に告白した。

「総一郎は、あたしのことバカっぽいとか、尻軽だとか思ってるかもしれないけど、

あたしは誰とも付き合ったことなくて、ずっと総一郎が好きだった」

「リオンは、私のことを退屈で地味だと思うかもしれないけど、私にできる範囲で、ずっと努力して綺麗になろうとしていたわ。お洒落で、皆の人気者のあなたをずっと追いかけてた」

二人がピュアな愛を語っている。

ピュアだが、何度も樹生に中出しされて、数時間前も膣ゲームをされていた女子たちの言葉と考えると、滑稽すぎて樹生は笑うしかなかった。

「鏡花……本当か。俺もずっと前からお前のことが。ああ、言わせてすまない」

「玲奈……マジか。俺もずっと前からお前のことが。お前から、言わせて悪い」

総一郎とリオンが、同じような言葉を返した。

すると鏡花と玲奈も目をぱちくりとさせて、

「うそ……それじゃあ最初から」

「ふふ、お互いにタイプ違い同士で、ずっと好きだったなんて」

鏡花は赤面しながら口を押さえて、玲奈が頬を染めて微笑んでいる。

大変な茶番だった。だが、もう少しの辛抱である。

「それじゃ、これからも四人だね」

「少し関係は変わるけど、二人と二人で、四人。これからもよろしくね」

四人がはにかみながら微笑んだ。

「ただささ、四人だけど二人と二人なわけだし、今日は別の部屋で過ごそっか？」

「そうだな、ふぁ……そうするか」

鏡花が提案し、カップル二組は違う部屋へ消えていった。

だが男二人とも、あくびを連発している。

あのドリンクだった。樹生特製ドリンクには、大量の睡眠薬が混入されていたのである。

「……さて、と」

樹生は自室を出る準備をした。

準備が終わる頃、パソコン画面では、鏡花と玲奈がそれぞれの部屋から、おろおろした顔で出てきていて、

『寝ちゃったんだけど……どうしよ』

『そっちも？　いい雰囲気だったのに、突然』

樹生は部屋を出て、走った。

最上階のスイートルームは一つ上の階だ。エレベーターで上がるとすぐに部屋に行き、チャイムを鳴らして鍵が開けば、転がるように部屋に侵入する。

「まずは告白成功、おめでとう」

樹生は、友人として祝いの言葉を送った。

「「……………」」

しかし部屋では、美少女二人が納得いかないというような顔をしている。

熱い息をふうふう吐いて、下半身をもじもじさせているのだ。

「『精力剤』効かなかったね。二人とも受験勉強疲れで寝ちゃったのかな?」

樹生は白々しく言った。

この二人には、あのドリンクを精力剤として渡したのだ。

「残念だったね～。この二人がきちんと元気だったら、精力剤でギンギンになったチンポでエッチな夜を過ごせたのにねえ」

言ってやると、鏡花と玲奈は、息苦しそうに胸を押さえていた。もう疼《うず》いてたまらないのだろう。

「ただまあ、これから恋人同士なわけだし、チャンスはいくらでもあるよ」

あっさりと今夜の一件をまとめる。

だが樹生とて、これで終わりのはずがなかった。

「じゃ、代わりに僕と『練習』しよっか」

言った瞬間、うつむいていた美少女二人の顔が勢いよく上がった。

「二人とも、もう好きな人と恋人同士だからこそ、絶対に今後セックスをする前提で、真剣に練習ができるってもんでしょ」

樹生は浴衣を脱ぐ。むんと臭気を放つペニスをそそり立たせると、鏡花と玲奈が生唾を飲む音が聞こえた。

「そうだちょうど危険日だし……危険日セックスの『練習』しよっか。一番危ないタイミングで、びゅるびゅる中出しされちゃう練習だよ。想像してみて？　総一郎くんやリオン君に、危険日に中出しされるセックスを」

樹生が言うと、二人がふらふらとこちらに寄ってきた。

二人の美少女がすがりつくように樹生の腕を抱いてくる。熱のある甘い匂いがして、それだけで樹生の睾丸が跳ねた。もう完全に発情しているのだ。

「それじゃ、二人ともする？　危険日中出し大練習会」

「「す、する……♡」」

浴衣姿の美少女二人は二つ返事で了承した。

二人はそのまま樹生の耳を舐め、首筋を舐め、ねっとりとキスをしてくる。

ドア一つ先には想い人がいるというのに、違う男との性交を熱望して媚びているのだ。

樹生も両腕で二人を抱いた。夕方の風呂場でした時のように、宙で二枚の舌をべろべろ味わってやる。発情成分が血液に乗って全身に回っているのか、二人の唾液もひどく甘い味がした。

「どっちとしようかな？　濡れてるほうにしようっと♪」

樹生は二人の股間を触り、ショーツをずらして、肉唇を触った。

「あれ？　どっちもグズグズに濡れてるなあ。困った♪」

この一ヶ月の焦らしと夕方の前戯のせいか、二人の股間はすでに性器を受け入れる準備ができていた。

「み、樹生ぉ……あたし、もう限界……♡」

「わ、私も……とても切ないのだけど」

二人が舌を舐める力を強め、一層媚びてきた。

順序に悩む。贅沢な悩みだ。

ただ最初はやはり樹生の童貞を捨てた相手に、一番をくれてやろうと思った。

「じゃあ鏡花かな。玲奈もすぐだから待ってて」

鏡花の尻を強く握ると、びくりと魚のように跳ねた。

玲奈は不満なのか、可愛らしく首筋を噛んできた。ただ樹生の性器は二本もないので我慢してもらわないといけない。

「じゃ、鏡花、部屋行こうか。玲奈は見学してて」

樹生は鏡花の腰を抱いて、ある部屋に入った。

「へ？　ここって……」

ここは先ほど、鏡花と総一郎が二人で話し込んでいた部屋だ。

スイートルームの個室にはすべてベッドが付いていて、そのベッドに倒れ込むように総一郎が昏倒している。

「総一郎くんの近くでセックスしようよ。起きないし大丈夫。臨場感が出るよ」

「い、いやだ……それは、だめだってば」

「ええ？　練習拒否？　じゃあ玲奈としようかな」

「うう……うう……」

「鏡花は総一郎君の顔見ながらオナニーでもしてればいいんじゃない」

「わ、わかったってば！　でも、しずかに、んむぅ♡！」

同意した瞬間、ベッドに押し倒してやった。

浴衣に手を入れ、下着を剥《は》ぎながらもみくちゃにしてやる。すぐに浴衣をはだけた、いやらしい姿の巨乳美少女と抱き合う形になった。

「んぅ♡　むぅ♡　ちゅむ……♡！」

すべすべの肌は熱く、毛穴から甘い匂いが出ている。樹生はたっぷりと舌を絡め、四肢を絡め、この美少女の全身を堪能してやる。

同時に、ベッドにもたれかかって倒れる総一郎を見る。端整な顔は完全にまぶたを閉じて、何をしても起きそうにない。

間近で恋人の肢体を堪能している優越感に痺れる。樹生が勝者なのである。古来から敗者は倒れ、勝者は美少女と交尾するものなのだ。

「ああ、総一郎！　これから鏡花を妊娠させるぞ！」

鏡花を組み伏せたまま気持ち良く吠える。

「み、樹生……静かに♡」

「ほら鏡花も、おねだりしてよ。もちろんコレは妊娠させるセックスだから。きちんとおねだりしないと挿れないよ？」

「わ、わかった♡　わかったから……♡」

部屋の電灯はついたまま。ツンとそそり立つ巨乳の真っ白な肢体が、滑らかな太ももを大股開きにして、肉唇はぬらぬらと光っていて、

「み、樹生ぉ♡　き、鏡花のきけんびま○こに……なかだしっ……してくださいっ♡　す、すきだからっ♡　妊娠させて、いいからっ♡　あかちゃん作っていいからっ♡　ナマのちんぽを、奥まあああああああっ♡！」

貫くように挿入すると、鏡花が絶叫した。

同時に肉棒は狭い灼熱を勢いよく滑っていき、奥に衝突すると、隘路の罠にかけられたように、亀頭も陰茎も激しく粘膜に締め上げられる。

「すごっ♡　は♡？　すごっ♡！　イって、る……ぅ♡！」

一ヶ月の我慢のせいか、鏡花が一突きで絶頂した。

下腹をひくひく震わせて、足先をぴんと伸ばして、口を開いて痙攣させながら、膣を何度も締めている。

「ああ、鏡花！　なにが尻軽じゃないだよ！　マ○コはすぐイく淫乱だろ！」

「あ――っ♡！　待って待って！　これ何度もイく！　いきなり連続でイくやつだから！」

「うるさいイけ！　総一郎の前でイけ！　本当は淫乱なところ見せてやれ！」

「だ、だめぇ♡！　総一郎くん、見ないでぇ♡！」

もちろん総一郎は昏睡している。樹生はその眼前で、鏡花をわきの下からきつく抱きしめ、ナマの性器を深々と抽送してやるのだ。

「やだまたイく！　イく！　あ――っ♡！」

「ああ総一郎！　鏡花は僕の女だからな！　処女も中イキも全部僕だから！　僕のチンポで淫乱にしてやったぞ！」

憎き男に、たっぷりとマウントを取ってやる。この優等生に、いつも成績自慢された屈辱を、何倍にもして返してやる。

「練習の成果、たっぷり見せてやるよ！」

総一郎に向かって叫び、鏡花の唇を奪い、本番を始めていくことにした。

「ほら鏡花！　練習通りに！　今日は危険日練習だと思って、僕をしっかり射精させるんだ！　もう一人前の女だって証明してみなよ！」

唇も首も耳の裏も、鏡花の身体の、甘いところをすべて舐め上げながら檄を飛ばしていく。すると絶頂に痺れていた鏡花が、何とか力を振り絞るように、樹生の頭をかき抱いて、

「み、樹生ぉ♡　好きだよぉ……♡　んむ♡」

愛を囁きながら、唇を舐めてきたのだ。

「あ──っ♡！　好きぃ♡　樹生すきぃ♡！　ぎゅーっとされながらエッチするのきもちいいっ♡！　またイくっ！　あ──っ♡！」

「んむ……♡　えむ……♡　み、樹生無しとかもう無理っ♡！　鏡花は、樹生のチンポのドレーになっちゃってるからっ♡！」

「あっ、好きぃ♡　だいすきっ♡！　愛してるっ♡　あいしてるっ♡！　んむぅ♡あいしてるからぁ♡！」

樹生は鏡花の愛情に包まれながら、幸せな密着性交にふけった。

「ああ、鏡花は僕のこと愛してるんだって！」

総一郎の恋人は、樹生を愛する女だと証明してやったのである。愛を叫びながらナ

マの性器を明け渡す女だと証明してやったのである。

あとは、すべてを奪ってやるだけだった。

「はぁっ、はあっ……鏡花っ、危険日マ◯コに出すよ」

鏡花の白い頬を、蛇のように舐めながら気持ち悪く言ってやる。だが鏡花にとっては、恋人との関係でいつか訪れる、夢見る瞬間の『練習』なのである。ゆえに最大の幸福感で、樹生の射精を要求してしまうのだ。

「わ、わかったぁ♡　だしてぇ……っ♡　鏡花のいちばん危ない日あげるから、出してぇ……♡」

鏡花は息も絶え絶えに、樹生の尻タブを両脚で押さえ、しがみつくような姿勢で腰を振ってきて、

「あ——っ♡！　出してぇ♡！　み、樹生ので妊娠するからっ♡　受精させていいからっ♡！　一番あぶない中出ししてぇ♡！」

「め、命中させてっ♡！　あいしてるからっ♡！　あなたの赤ちゃんほしいからっ♡！　一生かけてだいじに育てるからっ♡！」

「み、樹生以外とかないからっ♡！　あ、あたしが選んだのは樹生っ♡！　樹生の遺伝子だからっ♡！　一生尽くすって決めたからっ♡！　一番奥にびゅるびゅる出して、孕ませてっ♡！　あ————っ♡！」

膣がこれ以上なく気持ち良く締まって、鏡花が汗を跳ねさせながら絶頂した。

「ああ、鏡花！　妊娠しろ！」

樹生も精を放った。

放った瞬間、目の前が真っ白になった。

尿道に心地よい異物感がせり上がって、ぶるんと通り抜けて、次の瞬間、陰茎が激しく鼓動していく。

「あ――っ♡！　すごっ♡　出てる、でてるぅ♡！　あ――っ♡！」

絶頂痙攣しつつ抱きしめてくる美少女の最奥に、塗り込むように排泄する。

汗ばんだ美少女の甘い匂いに痺れながら、一八歳の危険日の、極めて妊娠する危険性の高い生殖器に、自分の遺伝子液を注入してやる。

弾力のある滑らかな女体の奥に、精液がじっとり侵入していく気がした。そのまま自分の身体が、鏡花の身体に溶け込んでしまいそうでもあった。これが排卵日のメスを受精させる感覚に違いない。

「な、なんかこれ……妊娠した、って気がするぅ♡」

鏡花も同じ感覚があったようだ。この巨乳のギャル美少女は、校内でもトップカーストの金持ち女子は、樹生の遺伝子を受け取ったと確信したのだ。

「んむ♡　樹生ぉ……♡」

長い長い射精が終わると、膣をひくつかせながら鏡花がキスをして甘えてきた。樹生もなぜか鏡花が愛おしく思えた。なぜなら鏡花はもう、自分が孕ませた所有物だからだ。

「ああ鏡花！　まだ孕ませるぞ！」

肉棒は萎えない。樹生はすぐさま二回戦のつもりで腰を振ったのだが、

「こら、樹生」

首に痛みを感じた。玲奈が噛みついてきたのだ。

「すぐ私って言ったでしょ？」

玲奈は軽く怒りのテンションだったが、理由は樹生と危険日セックスしたいからなのである。

「ごめんごめん♪　すぐにするよ。じゃ、鏡花は休んでて」

荒い呼吸で性器から精液を垂らして寝転がる鏡花をそのままに、樹生はベッドから降りて、玲奈にキスをする。

「玲奈も隣の部屋だよ。リオンの前でしよ？」

「もう……言うと思った。んっ♡　はやく……♡」

玲奈はリオンの近くで性交することに抵抗しない。鏡花の前例があるので受け入れやすかったのかとも考えたが、膣に指を入れると灼熱だった。もう性欲に逆らえない

状態だったのだ。

玲奈の腰を抱いて、隣の個室に行く。リオンも総一郎と同じく倒れていたが、ベッドでなく床であった。

「んっ♡　リオンの前で練習……とても、興奮するわ♡」

玲奈を羽交い締めにするように拘束して、うなじの匂いを嗅ぐ。

柑橘と石鹸のニュアンス、爽やかに甘い発情臭を楽しみながら、ベッドにうつぶせに押し倒してやる。

「んっ♡　だめ……本当の危険日なのに。エッチは、んっ♡　だめよっ♡」

作為ある抵抗の言葉をもたらす玲奈の、浴衣の上から尻に向かって股間を擦りつける。

「玲奈は危険日に寝取られレイプされる『練習』だよ。万が一リオンに寝取られ癖があって、僕に依頼して寝取られプレイする可能性を考えての練習だから」

「んっ♡　なにそれ最高に気持ち悪い……♡」

「これができたら、もうリオンにどんなプレイを迫られても怖くないよ」

「んっ♡　わかったぁ……♡」

交尾の雰囲気を高めながら、最悪に悪趣味な『練習』に同意させてやった。

そして名女優たる清水玲奈の、寝取られ演技が始まるのである。

「んっ♡　だめよ♡　助けてリオン……！　危険日なのに、樹生にレイプされてしまうわっ♡」

もともとレイプ気味なプレイを得意とするせいか、ノリノリだった。

樹生も大興奮でノることにする。

「ああリオン！　お前のカノジョ、今から中出しして孕ませるからな！　僕の精子で種付けしてやる！」

雄叫びを上げつつ浴衣をまくると、そういえば玲奈はもうショーツを脱いでいたのだった。真っ白な形のいい尻に原始的な興奮を覚えたので、そのまま大開脚させる。

「ふふっ♡　だめぇ♡　危険日なのに樹生に交尾されてしまうっ♡　劣等な遺伝子に無理やり種付けされてしまあああああああああっ♡！」

玲奈も一突きで絶頂した。都合の良すぎる天国のような吸い付きが肉棒を襲ってきて、凄まじく生殖欲が刺激される。

「おい玲奈！　お前イってんじゃん！　レイプなのに気持ちいいのかよ⁉」

「んっ♡　気持ち良くないっ♡　さいあくっ♡　あっ♡　あっ♡　あっ♡」

拒否の演技を貫きつつ、膣はこれ以上なく樹生の肉棒に吸い付いてくる。

一ヶ月も性欲を炙られた排卵日で、玲奈も性欲のタガが外れていたのだ。

「んっ♡　だめぇ♡　樹生のチンポで気持ち良くされてしまうっ♡　樹生の女にされ

てしまうわっ♡　たすけてリオンっ♡」

「はぁっ、はぁっ……！　リオンは来ないよ。弱いオスだから！」

「だめよ立ってリオンっ♡　樹生の野蛮なペニスで妊娠させられてしまうからっ♡！　あっ♡　立って！　子宮口をこじ開けられてしまうっ♡！」

樹生は野性的な優越感に震えながら、後背位で玲奈のうなじの匂いを嗅ぎ、さらさら吸い付く肌の美乳を揉み、肉棒を根元まで埋めて交尾する。

「あんっ♡　はやく立たないと樹生のモノになって……♡　ん？」

ノリノリの寝取られプレイをしていた玲奈が、何かに気づいた。

樹生も玲奈の目線の先にあるものに気づく。床に仰向けに転がっているリオンの股間が、もっこりと勃起しているのだ。

「だ、だっさ！　リオン、カノジョ寝取られてんのに勃起してる！」

「ぶふっ♡　り、リオンっ♡！　『立って』ってそっちじゃないのよっ♡！」

二人で笑ってやった。勃起している寝取られ男を、敗者として笑ってやったのである。

「ああ玲奈！　僕の勝ちだ！　リオンは負け犬！　玲奈は強いほうのオスと交尾してるんだぞ！」

「あっ♡　だめぇ♡　あそこが樹生に媚びてしまうっ♡！　玲奈はエッチなメスだか

らっ、強いほうの精子が欲しいってきゅんきゅんしてるっ♡!」

共犯関係のような連帯感が生まれた。後背位でナマの性器をつなげながら、長い首で振り向く玲奈と、舌と舌でぺちゃぺちゃ舐め合った。

「――――っ♡!　――――♡ッ!　そ、そろそろっ♡　すごくイくっ♡　樹生も早くイって♡?　ん――――っ♡!」

膣が締まって、大変にいやらしく吸い付いてきた。膣肉が陰茎をぴったり締めて、亀頭を包み、子宮口が尿道口に吸い付いてDNA汁を要求してくる。

「おねがいイって♡?　これ連続でくるやつだからっ♡!」

「どうしようかな~?　レイプで何度もイっちゃう玲奈、見たいなあ~♪」

「おねがいっ♡!　んっ♡　ん――っ♡!　またいくっ!　あ――っ♡!」

玲奈が連続絶頂モードに入った。やはり排卵日の興奮のせいか早い。くびれた腰を何度もねじらせ、下腹を震わせ、膣を吸い付かせてくる。何度も何度も、つま先をぴんと伸ばしながら、膣を締めてくる。

「あ――っ♡!　おねがい出してぇ♡!　そろそろ出してぇ♡!」

うなじから甘い匂いをふりまきながら、全校男子憧れのモデルボディが何度も何度も跳ねた。汗まみれで跳ねた。もう玲奈の目にはリオンなど入っていない。敗者オスなど無視して、樹生との危険日交尾に没頭しているのである。

「も、もぅだめぇ♡！」

と、玲奈が急に性器を抜いて、ベッドに倒れ込んだ。

「あ、あなた、後ろからだと、遊ぶから……だめよ♡」

そう言って玲奈が仰向けに寝る。そのまま美術品のような長い脚を開いて、両腕も開きながらこちらに伸ばして、

「はあっ♡　はあっ♡　ぎゅーっとしながら……しましょ♡？」

クールな美人が、恋人のように樹生に甘えてきた。

恐らくは後背位だとイかされ続けてしまうので、正常位できつくホールドしながら樹生を絶頂に至らせる算段に違いない。抱きしめ合って、キスしながら、樹生に気持ち良く膣内射精させるつもりでいるのだ。

「でもこれレイプだよね？　玲奈はレイプ魔とラブラブエッチをしちゃうの？」

「も、もうげんかい……いいから、レイプでいいから、きてぇ♡」

「じゃあおねだりしてよ。玲奈はスケベだから、レイプ魔に中出しされたいですってさ」

膣口《ちつこう》を亀頭で弄りながら、樹生は最悪の屈服を要求した。

だが玲奈はノリにノっているのである。

「れ、玲奈は……エッチだからっ♡　ね、寝てるリオンよりも……強くてエッチな樹

生に、レイプされるほうがすきだから♡　はぁーっ♡　樹生ぉ♡　玲奈に無理やり中出しして……妊娠させてぇ♡　あ──っ♡！」

　ずるんと肉棒が挿入されると、玲奈が上体を弓なりに反らした。

　樹生は倒れ込んでわきの下からしがみつく。玲奈もこちらを必死に抱きしめてきて、もちろん長い脚は樹生の尻をホールドしていて、種付け汁を逃がさない体勢になった。

「玲奈、危険日の中出しするぞ！　これ玲奈を妊娠させるセックスだから！」

「うんっ♡　んむ……わかってるっ♡　はあっ♡　樹生ぉ、玲奈に中出ししてぇ♡あ──っ♡！　み、樹生のでにんしんっ♡　受精させてぇ♡！」

　互いに舌を絡めながら、汗でひたひたする感覚を味わいつつ、これ以上なく密着する。美人の甘い発情臭に包まれて、顔が良く四肢の長い、優秀すぎるＤＮＡを持った肢体に抱きしめられ、めまいを覚えながら樹生は腰を振る。

「み、樹生ぉ♡　あ、これ出す動きね♡　うれしいわっ♡　あ──っ♡！　出してぇ♡！　リオンの目の前で、妊娠させてぇ♡！」

「はあっ♡　はあっ♡　い、一緒に、一緒にイきましょ♡？　キスしながらイきたいのっ♡！　一番エッチな体勢で、中出しされたいのぉ♡！」

「あ──っ♡！　樹生ぉ♡　出して出してぇ♡！　玲奈を妊娠させて、樹生のおくさんにしてぇ♡！　あ──っ♡！」

優秀な、大金持ちの令嬢の、一生を捧げる宣言に、オスとして最高の優越感と射精感がせり上がってきた。

「ああ玲奈！　僕の子供を孕めよ！　んむーっ！」

野蛮な雄叫びを上げると、玲奈がこちらの頭をかき抱いてキスをしてきた。すぐさまチロチロと長い舌が動いて、愛ある粘膜刺激を引き金に、樹生は暴発気味に射精してしまうのだった。

「……♡！　……♡！　……♡！」

玲奈の膣の吸い付く動きに合わせて、勢いよく精液が出る。

ぶるっ、ぶるっ、と膣奥に叩きつけるような痛快な音を耳に感じつつ、樹生は白目をむいて、玲奈の口内に涎を垂れ流しながら、さらさら吸い付く肌に陶然としながら、最高の一体感の中で射精をし続けた。

「ぷは……あ♡　すごい……なんかすごい……♡　奥のほうで、妊娠しちゃったって気がする……♡」

膣をひくつかせながら、玲奈が樹生の耳元でうっとりつぶやいた。

樹生も、射精の一体感とは別に、もっと深いところで何かが一体になった感があった。鏡花の時も感じた。もしかすると、これが一〇代の、排卵日の女を妊娠させた感覚なのかもしれない。

「んむ♡　樹生ぉ♡」

長い長い射精が終わると、玲奈がまた舌を絡めてきた。

膣壁も吸い付いてきて、尿道の中にあった残りの精液が、ばびゅ、と出る。樹生も舌を絡めて、肉棒を膣内で跳ねさせ、再度の性交の期待を高めていくが、

「こらぁ♡　あたしを忘れるなぁ♡」

背中に柔らかい重みを感じた。

鏡花がのしかかって巨乳を背中に押し付けてきたのだ。

「順番だろ？　次はあたしだって」

玲奈に正常位で挿入したまま、上には鏡花。この三人お馴染みの、ドスケベサンドイッチの体位だ。

「ふふっ、それはそうと、あなたも『練習』とはいえ、排卵日の女の子に、それも同じ日に二人も中出ししてしまうだなんて」

「しかもあたしたち二人とか、ゼータクだな。まあ『練習』だけどな」

練習ならば妊娠しない。そんな思い込みが二人にはある。

樹生はもはや、この滑稽さを楽しみつつあった。

この滑稽さを楽しむ。

そしてこの二人を破滅させせる。

そしてこの四人と――する。

「二人とも妊娠記念に写真撮るよ。はい、チーズ」

樹生は二人の裸体を重ねて写真を撮った。

上が玲奈、下が鏡花で抱き合い、貝合わせのように連なった二人の膣口からは、樹生の精液が垂れている。

超危険日に、樹生の精子での受精を受け入れた。生涯の伴侶にしか許されない行為を、しっかり記録してやったのだ。

「二人とも、これが今日の練習の仕上げなんだけどさ――」

樹生はこの行為に責任を取る気でいた。


樹生は、締めとして最高に面白い『練習』をしようと考えていたのだ。

数分後、樹生はカバンから出したあるモノを美少女二人にかぶせた。

「これさあ……何する気だよお前」

「意図が分からないわ。これは何の練習？」

二人の姿に、樹生は口元をゆがめて笑った、
ここはスイートルームの広間。全裸であぐらをかく樹生の前に、同じく全裸の鏡花と玲奈がいる。しかし二人は完全な全裸でなく、頭にかぶり物をしていた。

花嫁のブーケだった。

ブーケをかぶった全裸美少女二人が、樹生の前で正座しているのである。

「結婚式の『練習』だよ。二人とも、ないとは思うけど、付き合ってすぐに妊娠しちゃったりしたら、即結婚するかもしれないわけでしょ？」

「それはまあ……総一郎なら、妊娠させたら責任取るだろうし」

「可能性がゼロかどうかといえば、ないとはいえないわね」

樹生は噴き出しそうになった。そして、この二人へと、決定的な儀式を受けさせていくのである。

「さて七海鏡花さん、清水玲奈さん あなたたちは今、泥田樹生さんを夫とし、夫婦になろうとしています」

樹生はペニスを勃起させながら、ペニスにしゃべらせるがごとくふるまった。

ちんぽこ腹話術である。

肉棒は、亀頭に蛇の目の紋様があって、なんとなくクロスケが神父になってくれているような気がした。

「なんじ健やかなる時も病める時も、僕のチンポを愛し、その命ある限り、膣を差し出すことを誓いますか？」

「なんだよその台詞」

「本物の結婚のセリフは、本番でってことだよ」

「まあ、それもそうね」

要するに結婚の練習である。実にふざけた形式での練習だが、当の樹生は冗談のつもりではなかった。もう一生、この美少女たちを肉棒で支配する気でいたのである。

「それではチンポに誓いのキスを」

樹生の言葉に、ベールをかぶった女二人が土下座するようにして、亀頭にキスをした。樹生は二人を抱き寄せる。花嫁ベールの二人の顔を引き寄せて、頬を舐め、唇を舐め、

「これで二人とも、泥田鏡花と泥田玲奈だよ……♡」

「うわ樹生キモっ」

「さすがに気持ち悪くて笑えてくるわ」

二人とも半笑いで受け入れていた。

周囲の空気はこそばゆい友情に包まれていた。

これでこの二人は樹生の妻となった。樹生は美少女二人と重婚して所有物にしたことに、オスとしての誇らしさを感じつつ——

この嫁たちに、これが最後だから『実家』に挨拶させてやろうと思ったのだ。

「ねえ二人とも、良い結婚式だったね」

言いつつ、樹生はペニスに向かって念じる。

——催眠解除。

亀頭にある蛇の目が黒から白になる。

同時に鏡花と玲奈の顔も、一瞬で白くなって、

「う、うそ、うそ……ああ、催眠！　あ——っ！」

「さ、最悪！　なんでこんな気持ち悪いことを！」

二人が花嫁ベールを脱ぎ捨てる姿を、樹生は笑いつつ、

——催眠ON。

亀頭の目が黒くなる。

「よしゃ、結婚練習終わり。で、まだ危険日練習するんだろ♡？」

「ふふ、あなたのペニスも反り返ってる。やだ♡　練習なのに本当に妊娠させられちゃいそう♡」

一瞬で態度が変わり、樹生は笑い転げたい気持ちになった。

これで最後になる。

この美少女たちの『意思』が、もとに戻るのはこれで最後になるのだ。

「んっ♡　樹生っ♡　玲奈の中に出してっ！　中出ししてぇ♡！」

「あーもー、SMの練習て、縛って転がしとくだけぇ？」

樹生は、玲奈と対面座位で舌を絡めていた。一方の鏡花は、手錠と手枷で床に転がしてやった。

その上で、鏡花の意思を『実家』に挨拶させてやるのだ。

――鏡花の催眠を解除。

「あっ！　お前ふざけんなこれ解け！　ほどけよ！　玲奈！　なんで樹生とセックスしてんだよ!?　離れて警察呼べって！」

案の定、鏡花が騒ぎ出した。

「どうしたの鏡花？　拘束されたら抵抗する練習？　まあいいけど……んっ♡　樹生っ♡　そこっ♡　あ――っ♡！　ねえ出してぇ♡　玲奈に中出しして、妊娠させてぇ♡！」

催眠の中の玲奈は、鏡花の反抗の態度を訝しがりもしなかった。

「玲奈！　やめて！　離れて！　今日は危険日だから本当に妊娠させられちゃう！　離れて――っ！」

「んっ♡　何言ってるのこれは『練習』よ♡？　妊娠なんてしないし、中に出されたほうが経験値が積めるのだからっ♡　んっ♡　玲奈の卵子に命中させてっ♡　キスしながらイきましょ♡　んっ♡　んっんっんっ♡　ん――っ♡！」

「れ、玲奈ぁ――――っ！」

対面座位できつく抱きしめ合いながら体液交換をする美人と醜男に、鏡花が腹の底から絶叫していた。

「……さてと」

樹生は、玲奈に手錠と足枷をはめて、絶頂の余韻のまま震える女体を転がしておく。

ゆっくりと鏡花に近づいて、にこりと微笑み、

「次の催眠で、一生ずっとそのままにするから」

言ってやると、鏡花の顔が青ざめて、がたがたと震え始めた。

「お、おねがいやめて……ごめんなさい！　今までいじめてごめんなさい！　すぐにあんたの前から消えるから、許してぇ！」

心地よい悲鳴だった。

だが樹生の目の前から消えるなら、先月に催眠を解いた時にそうしておけばよかったのだ。

「消えなくていいよ。僕も気づいたことがあったんだ」

樹生が、その目を優しく細めて言った。

性器切除の危機を越えて、いやそれよりもずっと前、この催眠を手に入れて、少女たちと仲を深めたことにより、樹生には気づいたことがあったのだ。

「今までの人生のことだ。どうしても君たちのいじめが嫌だったら転校する手段だっ

てあった。タイミングはいくつかあった。でも転校を考えたことは一度もなかった。これって――」

樹生は、万感の想いを込めて、口を開き、

「僕は、君たち四人が好きだったんだ」

真実をこぼした。

「君たち四人は輝いてた。憧れだった。他に友達ができたこともないけど、もしできていたとしても、君たちと比べて退屈に思ってしまったと思うよ。僕はいじめられていても五人でいたかった。いじめられていても、四人でなく五人だと、僕はここにいると、君たちに存在を認めて欲しかった」

樹生は、身の内に潜む狂気に気づいていた。

イジメに確かに苦しんでもいた。だが同時に、自分の中にある、四人を支配者とした、憧れの存在として尊敬した、マゾヒストたる人格に気づいていたのだ。

「だから消えろだなんてとんでもない。君たちとずっと、一生、つながりを感じていたいんだ」

瞳孔を開かせて語る樹生に、鏡花の股間からちょろちょろと尿が漏れていた。

樹生はバスタオルで尿を拭きつつ、鏡花の頬を舐め、

「好きだよ、鏡花」

そして、ペニスの亀頭の蛇眼から、黒い光が放たれたのだった。

「鏡花！　目を覚ましなさい！　ねえ！　こいつの精子で妊娠しちゃう！」

その後は、玲奈にも自分の意思へ挨拶させてやった。

「ああ鏡花！　好きだよ！」

「あ――っ♡！　み、樹生ぉ♡！　あたしも好きだから孕ませてぇ♡！」

拘束されて暴れる玲奈の目の前で、鏡花とラブラブ対面座位に没頭する。

「あは、どーしたんだよ玲奈ぁ♡　樹生に『練習』させてるだけじゃんか♡　んむ♡はぁーっ♡　いいよっ♡　樹生の精子で、妊娠させてぇ♡！」

絶叫する黒髪美少女の前で、愛情たっぷりに、性器の擦り合いをするのだ。

「玲奈も、もうすぐ一生『練習』することになるから、今の自由な気分とサヨナラしておいてね？　うん、人生は修行、一生練習だよ」

樹生が微笑むと、玲奈が涙を流しながら、やはり先ほどの鏡花と同じように失禁してしまった。

「好きだよ、玲奈。あとでたっぷりね」

言ってやると、玲奈はただすすり泣くだけになった。

「もう、あたしとしてるんだろ♡？　玲奈に好きとか言うなよ」

「はは、ごめんごめん。ああ、好きだよ鏡花！　鏡花のこと妊娠させて、赤ちゃん作るよ！　んっ！　また危険日マ○コに出る！」

「あっ♡！　あ――っ♡！　すきぃ――っ♡！」

対面座位で抱きしめて、巨乳を胸に感じながら、熱く狭い膣奥にしたたかに射精する。


その後は、花嫁たちが実家を出た。

つまり二人とも永続催眠となった。樹生はもう元に戻す気はなかった。

「ほらほら――っ♡！　いけいけ樹生ぉ♡　このクソ美人なモデル女、今日が危険日だって！　出せ出せ孕ませろーっ♡！」

「んむっ♡　だめよっ♡　ああ、目が本気のケダモノだわっ♡　こんなの逃げられないっ♡　へむっ♡　私、樹生に妊娠させられてしまうっ♡！」

樹生の大好きな、この二人とのつながりを感じられる3Pプレイだった。

玲奈と対面座位で、背後からは巨乳を押し付けてくる鏡花の煽りで。あるいは前後を交代して、三人で団子になって危険日性交にふけるのだ。

「ふふ♡　ほらもう出るわ♡　あーあ、鏡花ったら樹生の精子で受精させられちゃう♡　樹生の汚い精子を注入されて、ママになっちゃうんだ♡」

「はぁーっ♡　はぁーっ♡　み、樹生ぉ♡　おまえ、あたしのこと本当に妊娠させる気なの……♡？　んむっ♡　あたしの旦那さまになっちゃうの♡？　んむっ♡　す、すきぃ♡　あ――、大好きぃ♡！」

　煽り煽られる二人の美少女の膣内に乱暴に性器を抽送して、本能のままに何度も中出しする。

　三人片時も離れずに、性器を合わせあった。

　だが足りない。樹生はあの男たちも尊敬しているのだ。

　やはり『五人』でいたかったのだ。

「ほら、僕がエッチしてると勃《た》つから、ここで既成事実作ったほうがいいよ」

「そ、そだね……♡　どーせ今後もするし」

「そ、そうね……もう恋人なのだし、しておきましょうか」

　樹生はリオンと総一郎を中央の広間に運んで全裸にしたのだ。

「でもさすがにこれは『練習』じゃないからゴムつけなよ」

「あ、当たり前だって」

「そ、そうね。結婚するまでナマなんて論外よ」

「安心したよ。でもゴムも一〇〇パーセント避妊できるわけじゃないから、そこは注意しないといけないよ」

既成事実を作る。

樹生が『五人』でいるための仕上げに入る。

部屋にこもる発情臭と、響き続ける嬌声に、男二人も情けなく勃起していたので、使ってやることにしたのだ。

「あ……っ♡　総一郎、挿《はい》ったっ♡　樹生のほうが太いかなぁ♡」

「んっ♡　リオンのは……意外に短い♡　ゴムすると凹凸もなくなるのね♡」

男二人の挿入は数分ほどで終わった。本当に射精したのか、もしかすると中折れしただけなのか、コンドームもすぐ捨てたのでよく分からない。

「あ――っ♡！　樹生ぉ♡　あたし、おくさんだから頑張るっ♡　ねえどうしたら気持ちいい♡？　んむっ♡　好きだからなんでも言ってっ♡！」

「んむっ♡　樹生っ♡　だしなさいっ♡　樹生の精子でママにしてっ♡　好きよっ♡　樹生のこと愛してるわっ♡　また子宮に出してっ♡！」

眠りこける男たちに挟まれて、三人は絡み合った。

布団を汗や唾液や性液まみれにしながら、樹生と美少女二人は明け方まで体液の交換を続けたのだった。

旅館の窓を見やると、冬の海から朝日が昇っていた。

翌朝。樹生は眠らずにずっと自室のパソコンを見つめていた。

スイートルームの監視カメラ、その映像を見ていたのである。

部屋では中央の広間に、四人の男女が全裸で眠りこけていて、

『おお……俺たちは、してしまったのか』

『やっちまったみたいだな……付き合ってすぐとかマジか』

全裸の男二人が起床すると、美少女二人もぱっちりと目を覚ました。

『あれアルコール入りだったみたい。もー酔っ払ってエッチしてて。ちょっと痛かったぞ』

『そうよ、これからは気を付けなさいな』

美少女二人が、樹生の教えた台詞で、場を一件落着させた。

『じ、じゃあ……今日はどうする？　男女二人で別行動か？』

リオンがこれからのことを言い出した。

昨夜で告白成立、ここにいるのは二組の恋人たちだ。付き合いたての恋人などすぐ二人きりでスケベ行動をしたがるものであるが……

そんなことは予想済みだった。

当初の予定から、そうならないように予定を組んであるのだ。

『リオン、この旅行ってさ、二日目からは、男女別って言ったじゃんか』

『そうよ。卒業旅行はカップルで行くとして、ここでは卒業前、最後の女二人だけの旅行をさせてちょうだい』

二日目からは男女別行動。女子二人は、漁師町のさらに奥へと旅行する予定でいたのだ。

『はは、リオン。不服だろうが、これから時間はたっぷりあるんだ』

『まあ、そうだけどよ』

総一郎も残念そうだったが、リオンをたしなめるほどには理性があるようだ。

四人は朝の支度をして、ホテルを出て、駅に向かい、それぞれ逆の方向の電車に乗り――

六時間後。

ここは漁師町から山側へ、電車で二時間ほど行ったところの温泉街だった。

旧い城下町の、旧く大きな旅館の特室。清潔で広い畳の部屋で、私服姿の鏡花と玲奈がカバンを下ろした。

「今日の部屋食はすき焼きだっけ。楽しみだ〜♪」

樹生もその横で、カバンを下ろしたのだった。

「さ、妊活の練習だよ。危険日は三日くらいだから、残り二日はこの部屋で――しっかり『練習』しようね？」

樹生は、温泉街の道行く男が皆振り返った美少女二人を抱きしめて、三人で舌を絡め合った。

二人の髪から温泉街の硫黄の外気の匂いがして、それからまた排卵日の美少女の、痺れるような甘い匂いを感じる。

危険日の美少女二人は、期間いっぱい、朝から晩まで、樹生の精を注がれてしまったのだ。

エピローグ

秋になった。

窓の外から山を見ると、山が紅葉しかけていた。

そういえば、と樹生は思い出した。

「クロスケが殺されたのは、もう二年前にもなるのか……」

ため息をつくと、間近にある窓が一瞬白くなった。

あれから二年。樹生たち五人にもいろいろなことがあった。

まずは樹生だ。

樹生についてのその後は、そこまで難しくない。

とりあえず樹生は大学に落ちた。

当たり前だ。受験期の秋から冬にかけて勉強せず、ずっとセックスばかりしていたのだから。

卒後は清掃員のバイトをしつつ、専門学校に通っていた。家に金を入れて生活し、地方公務員を目指している。

一方のあの四人は、全員大学に進学した。

市内の国立大学と双璧を成す、金持ち私立大学に推薦合格したのである。

樹生とあの四人には差があった。幼い頃から何も変わらない。

だが高校までとは違い、もう生活圏はまったくの別世界だ。普通なら、もう過去の人間として、互いに記憶が薄れていくままの関係である。

しかし樹生は、そうならないように仕組んだのだ。

二年前のあの冬からずっと、樹生は一人ぼっちでない。

もうずっと『五人』なのである。


「……寝た?」

広い広いマンションの部屋。そのリビングを覗くと、エプロンをした鏡花と玲奈が「しっ」と指を口に当てた。

ここは鏡花の自宅である。

大学近くの高層マンション、3LDKの物件二つをぶち抜いてリフォームした6LDKのリビングは、山と街を見下ろす大窓があって、開放感溢れる造りになっている。

そんな部屋には、二つの小さなベビーベッドがあった。

「……私のも買ってくれたのよね。しかもお揃い。ごめんなさい」

「ううん、いいんだってば。玲奈はよく家来るんだし」

赤子が二人、それぞれのベッドで寝ていたのだった。

あのクリスマスの『練習』の結果、鏡花と玲奈はしっかり妊娠した。

当然である。一〇代の危険日三日間に何度も射精すれば妊娠するしかない。

もちろん時期的に間違いなく樹生の種だったが「ゴムつきセックスも統計的に妊娠しうる可能性がある」として教えておいたおかげで、樹生以外の全員が、互いの想い人の子供として認識した。

そして妊娠発覚後、鏡花と総一郎、そして玲奈とリオンが結婚することとなった。

大学入学即入籍と相成ったわけである。

二組の両家とも親は難色を示したが、四人の愛は深かった。基本的に結婚するタイミングが早まっただけと、それだけのことと結論付けた。

そして四人は昨年の秋に、二組の三人家族となった。

父親二人は将来のために大学で勉強し、母親二人は休学して子育てをしている。

「大変だよね、二人とも」

樹生は二人に声をかけた。

「そーだよ、子育てはタイヘン。寝れないし」

「本当にそうよ。赤ちゃんのお世話で忙しくて、たまに夫婦喧嘩もしちゃうし」

やはり結婚は試練なのだ。結婚はスタートで、それから夫婦として関係を積み上げていくものなのである。

だから樹生は言った。

「そうか。じゃあ夫婦仲を良くするため、やっぱり『練習』しかないね」

その言葉に、鏡花と玲奈が熱い息を吐いた。

「そうね……♡　赤ちゃんは、二人ともぐっすり寝たし」

「ふふ、じゃあ隣の部屋に行きましょ♡　今日から旦那二人とも、大学サークルの遠征で、三日間も県外だし」

三人は、手をつないでベッドルームに入る。キングサイズのベッドに座ると、三人で舌を絡めだした。二〇歳の鏡花と玲奈、より大人らしくなった肉付きの、ひどくいやらしい身体を抱き寄せて、しっかり愛撫してやるのだ。

「二人とも、今日から三日間の排卵日だもんね。しっかり二人目の赤ちゃんを作る『練習』しておかないと」

キスをしながら、二人の下腹を撫でた。

樹生のつながりは『五人』のまま続いている。厳密に言えば今は『七人』で、来年には『九人』になるかもしれない。

「樹生ぉ♡　あいしてるぞ♡　あは、危険日だとやっぱコーフンするっ♡」

「樹生♡　愛してるわ。ふふ、またケダモノの交尾みたいに危険日中出しされてしまうのね……♡」

現実の、素の樹生は、貧困と孤独の中にある青年である。
だが『練習』の中で、樹生は、たくさんの愛に囲まれた存在だった。
あの蛇の催眠は、福音か、呪いか。
樹生は、二人の人妻の頬をじっとりと舐め上げた。
その瞳は蛇のようで、冷たい狂気の色に染まっていた。

リアルドリーム文庫の既刊情報

リアルドリーム文庫192

夏が終わるまで

堕とされた献身少女・由比

期待の野球部エースを恋人兼幼馴染に持つ美人マネ、橘由比。ある日、彼氏との部室エッチの様子を変態教師に盗撮され、夏が終わるまで生オナホになるよう強請られてしまう。恋人との夢を守るため、自らの肉体を差し出す献身少女。「我慢すれば……私、頑張る、から……だから」だが、度重なる淫湿調教は少女の身体を快楽で蝕んでいき──。

空蝉 原作・挿絵／もんぷち(サークル:mon-petit)

全国書店で好評発売中

詳しくはKTCのオフィシャルサイトで **http://ktcom.jp/rdb/**

リアルドリーム文庫の既刊情報

リアルドリーム文庫193

綾姉 ～奪われた幼馴染～

歳上の美人幼馴染・綾香に想いを寄せる純情少年、コウタは、釣り合わないという自信のなさから気持ちを伝えられないでいた。そんな時、強引なヤリチン同級生に綾香が目をつけられてしまう。図々しい性格の同級生は彼女が一番嫌いなタイプであり、お堅い綾姉の相手にされるワケない、そう思っていたのに――。

「あ、あの……ア、アタシ初めてなの。だから、や、優しく」

酒井仁　挿絵／猫丸　原作／こっとん堂

全国書店で好評発売中

詳しくはKTCのオフィシャルサイトで **http://ktcom.jp/rdb/**

リアルドリーム文庫の既刊情報

リアルドリーム文庫194

とろ蜜女教師のHな個人授業

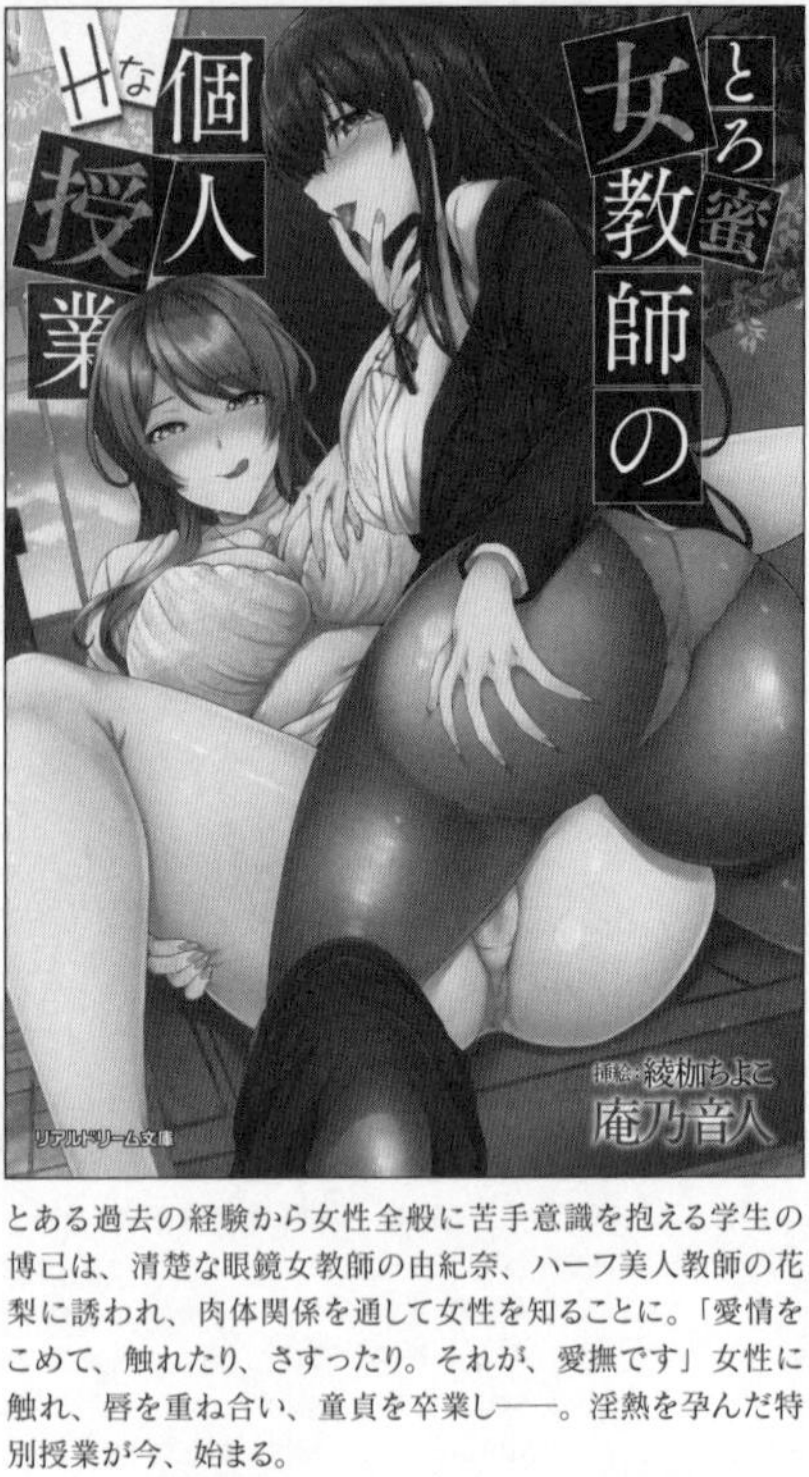

とある過去の経験から女性全般に苦手意識を抱える学生の博己は、清楚な眼鏡女教師の由紀奈、ハーフ美人教師の花梨に誘われ、肉体関係を通して女性を知ることに。「愛情をこめて、触れたり、さすったり。それが、愛撫です」女性に触れ、唇を重ね合い、童貞を卒業し——。淫熱を孕んだ特別授業が今、始まる。

庵乃音人　挿絵／綾枷ちよこ

全国書店で好評発売中

詳しくはKTCのオフィシャルサイトで http://ktcom.jp/rdb/

RD リアルドリーム文庫の既刊情報

リアルドリーム文庫195

離れ小島は桃源郷

常夏の淫美女たち

離島を訪れた仁を待っていたのは、幼馴染の女子校生や未亡人の若海女さん、性に奔放な看護師さんとの茹だるような情事の数々。「私、こんな淫らな悪戯するの初めてよ……」甘やかされて、次々と女体を堪能できる夏休みそれはまさに少年にとっての桃源郷だった――。

北條拓人 挿絵／阿呆宮

全国書店で好評発売中

詳しくはKTCのオフィシャルサイトで **http://ktcom.jp/rdb/**

RD リアルドリーム文庫の既刊情報

リアルドリーム文庫196

弟の娘

姪と伯父の夏休み

人気同人コミックがオリジナルエピソードで小説化！　居候する伯父によって処女を奪われた七穂。少女は何も知らぬ父親を心配させまいと口を噤み、伯父との背徳の関係を耐え続けることに。「やめてっ！ お父さんに見つかっちゃう…！」夜祭りで。海で。二人きりの旅館で…。汗と蜜に塗れた姪と伯父の夏が始まる。

屋形宗慶　原作・挿絵／甚六(サークル:666PROTECT)

全国書店で好評発売中

詳しくはKTCのオフィシャルサイトで **http://ktcom.jp/rdb/**

リアルドリーム文庫の新刊情報

リアルドリーム文庫198

無花果様の、仰せの通りに

お盆休みに美人妻の実家へと帰省した慎一郎だったが、妻の京香は村の神事に参加することに。やがて神事の行われる社へと迷い込んだ慎一郎は、自らの妻が冴えない男に抱かれる姿を目撃する。「今は夫のことは、言わないで……お願い……」神事とは夫婦の模倣による性交のことで——。

懺悔　挿絵／夏桜

全国書店で好評発売中

Impression

感想募集　本作品のご意見、ご感想をお待ちしております

このたびは弊社の書籍をお買いあげいただきまして、誠にありがとうございます。リアルドリーム文庫編集部では、よりいっそう作品内容を充実させるため、読者の皆様の声を参考にさせていただきたいと考えております。下記の宛先・アンケートフォームに、お名前、ご住所、性別、年齢、ご購入のタイトルをお書きのうえ、ご意見、ご感想をお寄せください。

〒104-0041　東京都中央区新富1-3-7ヨドコウビル
㈱キルタイムコミュニケーション　リアルドリーム文庫編集部

◎アンケートフォーム◎　**http://ktcom.jp/goiken/**

公式サイト
リアルドリーム文庫最新情報はこちらから!!
http://ktcom.jp/rdb/

公式Twitter
リアルドリーム文庫編集部公式Twitter
http://twitter.com/realdreambunko

リアルドリーム文庫197

催眠カレシ

～練習エッチで寝取られるトップカースト美少女～

2020年9月5日　初版発行

◎著者　大角《おおつの》やぎ

◎発行人
岡田英健

◎編集
山崎竜太

◎装丁
マイクロハウス

◎印刷所
図書印刷株式会社

◎発行
株式会社キルタイムコミュニケーション
〒104-0041 東京都中央区新富1-3-7ヨドコウビル
編集部　TEL03-3551-6147／FAX03-3551-6146
販売部　TEL03-3555-3431／FAX03-3551-1208

ISBN978-4-7992-1397-1 C0193
© Otsunoyagi 2020 Printed in Japan

本書の全部または一部を無断で複写することは、
著作権法上の例外を除き、禁じられています。
乱丁、落丁本の場合はお取替えいたしますので、
弊社販売営業部宛てにお送りください。
定価はカバーに表示してあります。